Bildgestaltung und Bildrechte: Rebecca Wild

Korrektorat: Lilian R. Franke

Impressum:

R.O.M Autorenclub, R.O.M. logicware, Pettenkoferstr. 16-18, 10247 Berlin, annabelle.benn@outlook.de

Inhalt

1 Alexandra

„Alexandra Murphy", stieß sie zwischen zusammengebissenen Zähnen hervor, während sie der alten Dame fassungslos dabei zusah, wie diese mit zittrigen Fingern ein abgegriffenes Notizbuch aus ihrer ebenfalls abgegriffenen Handtasche fischte und darin fein säuberlich, wenn auch mit einer etwas krakeligen Schrift, ihren Namen notierte.

Die Kundin mit der violett-weiß auftoupierten Haarpracht hob den Kopf und sah sie aus überraschenderweise entsetzlich scharfen Augen durch ihre mit lila Streifen verzierte Brille an. Dann tippte sie mit ihrem knochigen Zeigefinger auf den Buchdeckel und vergewisserte sich: „Ich kann das Buch also zurückgeben, wenn es mir nicht gefällt?" Ihre Stimme war fest und die Frage war keine Frage, sondern eine Bestätigung dessen, was Alexandra ihr zuvor versichert hatte: *Ja, sie konnte das*

Buch zurückgeben, falls es ihr nicht gefallen sollte. Auch dann, so fügte Alexandra im Stillen hinzu, wenn sie es in einem Rutsch und vor Spannung zitternd ausgelesen hätte. Manche Menschen verwechselten Buchläden heutzutage eben mit Büchereien. Aber was tat man nicht alles, um den Ruf größter Kundenfreundlichkeit zu erlangen und zu verteidigen.

Alexandra zwang sich zu einem Lächeln, bekräftigte es mit einem „Natürlich" und bedauerte es bereits, der Kundin ihren Namen genannt zu haben. Sie hatte nicht damit gerechnet, dass er umgehend in kantigen Buchstaben in diesem unheilvoll moosgrünen Notizbuch verewigt werden würde. Bestimmt fanden sich darin endlose Listen mit Namen naiver Verkäufer, die sich am erlesenen Geschmack der Frau schuldig gemacht hatten und nun im ewigen Fegefeuer des Verkäuferdaseins schmorten. Und natürlich hatte sie auch nicht damit gerechnet, dass die Kundin tatsächlich mit Rückgabe bei Nichtgefallen drohen würde, noch dazu unter Bezugnahme auf ihre Person. Hieß es nicht, dass man über Geschmack nicht streiten könne? Angespannt atmete sie aus und ließ die Schultern hängen.

„Also gut", beendete die Kundin das Gespräch und drehte sich auf dem Absatz, der trotz des fortgeschrittenen Alters gut acht Zentimeter maß, um. Dabei machte sie eine Figur wie ein Fischreiher, was Alexandra schmunzeln ließ. Auf ihren Stock gestützt stolzierte sie in einem einzigartigen Gang zu der altmodischen Tür, die unten aus rotem Holz und oben aus beschriftetem Glas bestand. Als die hellen Türglocken zum zweiten Mal bimmelten und Alexandra endlich den Buckel von hinten sah, stieß sie einen lange unterdrückten Seufzer aus und rollte die Augen. Dabei fiel ihr Blick auf die blitzblank geputzte Schaufensterscheibe. Im Licht der Abendsonne glänzte ihr dunkelblondes Haar leicht rötlich. Ein paar Strähnen hatten sich aus dem hohen Dutt gelöst, der ihren langen Hals hervorragend betonte. Nun strich sie die feinen Haare mit ihren feingliedrigen Fingern hinter die Ohren, wobei sie an die großen Ohrringe stieß, an denen jeweils drei kleine Vögelchen aus bunt lackiertem Email baumelten. Auch wenn sie die Farbe im Spiegelbild nicht erkennen konnte, so wusste sie, dass sie das dunkle Grün ihrer Iris betonten. Erfreut über ihr adrettes Erscheinungsbild lächelte sie sich zu und fand, dass ihr die kurzärmelige Bluse mit den grünen Palmwedeln und roten Blüten sowie die weiße Hose hervorragend standen. Alexandra war nicht selbstverliebt. Im Gegenteil, meistens zweifelte sie an ihrem Äußeren, und so war die Tatsache, dass ihr an einem Arbeitstag wie diesem ihr Spiegelbild gefiel, geradezu ein Glücksfall.

Viertel vor sechs. Fast Feierabend.

Alexandra sortierte gerade ein paar Bücher auf dem Tisch mit den Regionalkrimis, als die Türglocke erneut klingelte. Einem pawlowschen Reflex folgend schnellte beim Ertönen des Gebimmels nicht nur ihr Kopf nach oben, sondern ihre Lippen verzogen sich automatisch zu einem Lächeln. Dann jedoch erkannte sie Susan und das Lächeln verschwand beinahe noch schneller aus ihrem Gesicht, als es hineingewandert war.

„Oh, du bist es nur", sagte sie mit einem kurzen Nicken und wandte sich wieder dem Stapel zu.

„He! Was soll das heißen: O*h, ich bin es nur*? Natürlich bin es ich!", beschwerte Susan sich. „Wie sieht's aus, bist du fertig?" Ungeduldig fuchtelte sie in der Luft herum, wobei ihre kleine, beige-weiße Ledertasche an ihrem Ellenbogen baumelte. Ihre dünnen, hohen Absätze klickerten auf dem steinernen Fußboden, als sie auf Alexandra zuging und auf sie zeigte. Alexandra fiel auf, dass ihre Fingernägel in der Trendfarbe des Sommers *eisige Himbeere* schimmerten, was zu Susans strohblondem Haar, das in weichen Stufen in den schmalen Rücken fiel, wirklich fabelhaft aussah. Die Farbe verdankte sie einem nicht gerade für seine günstigen Preise bekannten Friseur, nicht Mutter Natur, was ebenso auf ihre Wimpern, Nägel und vielleicht auch bald auf ihre Nase und Brüste zutraf. Alles an ihr war immer wie aus dem Ei gepellt. Die Haarfarbe an sich war wunderschön, nur passte sie nicht ganz zu Susan, zumindest wenn man Alexandra fragen würde, was Susan jedoch schon lange nicht mehr tat. Denn der Bücherwurm fand, dass sie mit ihrem natürlichen Hellbraun eben viel *natürlicher* aussehen würde, und genau das wollte die Persönliche Assistentin unter allen Umständen vermeiden. Der Chef stand nicht darauf.

Zum zweiten Mal binnen weniger Minuten rollte Alexandra die Augen. Konnte oder wollte Susan es einfach nicht verstehen? „Es ist Viertel vor sechs! Ich habe noch fünfzehn Minuten. Du weißt doch, dass ich das Geschäft nicht vor sechs schließen kann. Von wegen

Ladenöffnungszeiten und so”, erwiderte sie um einen freundlichen Ton bemüht. Dabei beobachtete sie ihre Mitbewohnerin genau und fragte sich, wie Susan es schaffte, dass ihr Make-up auch nach acht Stunden im Büro noch immer makellos war. Im Grunde mochte sie Susan von Herzen gern, nur manchmal ging sie ihr gehörig auf die Nerven. So wie beinahe jeden Abend, an dem sie eine Viertelstunde vor Ladenschluss in das alteingesessene Buchgeschäft am Liffey spaziert kam und fragte, ob sie *so weit sei.*

„Uff!", stieß sie nun mit einer theatralischen Geste hervor, bei der sie sich mit der flachen Hand vor dem Gesicht herumwedelte. „Beeil dich, Alex. Ich brauche wirklich einen Drink, und zwar d*ringend!*” Susan seufzte erneut theatralisch und kramte in ihrer Tasche nach ihrem kleinen Schminkspiegel, den sie mit einem hörbaren *Klack* öffnete.

Zögerlich schaute Alexandra zu ihrer Freundin. „Im Ernst? Schon wieder? Hör mal, Susan, ich weiß echt nicht, ob ich in der Stimmung bin. Ich dachte, wir schlendern einfach gemütlich zusammen nach Hause", entgegnete sie mit gerunzelter Stirn und entschloss sich kurzerhand dazu, den Kassensturz schon jetzt zu machen, da nicht davon auszugehen war, dass heute noch weitere Kunden kamen. Abgesehen davon würde sie noch so eine Kundin wie das buckelige Vogelgestell von vorhin heute nicht verkraften.

„Ach, komm schon, Alex, bitte! Nur ein Drink!“, bettelte Susan und zog einen Schmollmund, der ohnehin perfekt geschminkt war. Dann ließ sie mit dem gleichen lauten *Klack* wie vorhin den Spiegel wieder zuschnappen. „Ich brauche *wirklich* etwas zu trinken. Was Kräftiges, Schnelles. Weißt du", wieder seufzte sie theatralisch, aber diesmal mit der Geste einer unnahbaren, sehr reichen Frau, die sie gern wäre, aber nicht war, „Richard war heute ausgesprochen gemein zu mir! Ich muss dringend abschalten und auf andere Gedanken kommen. Wirklich, Alex", fügte sie in weinerlichem Tonfall hinzu.

Nun war es an Alexandra, das Zählen des Geldes zu unterbrechen und einen tiefen Seufzer auszustoßen. Aus verengten Augen schaute sie ihre Freundin ernst an. „Weißt du, Susan, ich verstehe sowieso nicht, warum du dir das alles gefallen lässt!" Ohne eine Antwort abzuwarten, schaute sie wieder auf die Scheine und zählte weiter, schließlich wollte auch sie keine Minute länger als nötig im Laden verbringen, und das nicht nur, weil sich draußen endlich die seltene Sonne zeigte. Das allein war in Dublin schon ein Grund zum Feiern, aber in diesem verregneten Frühjahr noch mehr als sonst.

Susan zuckte ihre schmalen Schultern und inspizierte ihren Zeigefingernagel. „Schwer zu sagen. Ich kann einfach nicht anders. Wenn du seine grünen Augen sehen könntest, wenn er … ach … dann wüsstest du, was ich meine!“ Genüsslich verdrehte sie die Augen. „Wenn er mich so ansieht, dann ist es einfach traumhaft! Und seine Stimme … und seine Hände … und … “

„Stopp! Bitte nicht zu viele Infos, ja?“, unterbrach Alexandra die für ihre Plauderhaftigkeit bekannte Susan. Sie hatte wenig Lust, sich vorzustellen, in welchen Winkeln und mit welcher Tiefe der leidige Chef sich in seiner persönlichen Assistentin bewegte.

„Ich sag ja schon nichts mehr! Aber wenn du nur wüsstest …“, schmachtete Susan. „Diese Augen!“

„Suzie! Wake up! Wir sind in Irland! Schon vergessen? *Jeder* hier hat grüne Augen! Warum suchst du dir nicht ein anderes *traumhaft grünes Augenpaar* zum Schwärmen? Eins, das zu einem Mann gehört, bei dem der Rest auch passt?" Alexandra konnte Susans Reaktion nicht sehen, denn sie kniete sich nieder und kroch auf dem Boden herum, um ein paar heruntergefallene Rechnungen aufzuheben.

„Du könntest mir keine größere Freude bereiten, als einen besseren Mann als Richard für mich zu finden. Allerdings dürfte das schwierig, wenn nicht gar unmöglich sein! Ein Mann mit seinem Geld, seinen Augen und seinem … ähm … seinen Fähigkeiten im Bett!" Verschwörerisch blinzelte Susan Alexandra zu und errötete ein wenig.

„Du hast etwas Entscheidendes vergessen, Süße", fügte Alexandra hinzu und tauchte wieder hinter dem Ladentisch auf. „Die Fähigkeiten im Bett würde ich zwar nicht vorher für dich testen", sie zog das Ende des Satzes in die Länge und zwinkerte ihrer Freundin zu, „Aber ich würde sicherstellen, dass er weder dein Chef noch verheiratet ist, sondern dass er einer langfristigen Bindung ohne

Geheimnisse mit dir nicht abgeneigt ist. Baldige Hochzeit und Kinder nicht ausgeschlossen", setzte sie entschieden nach und sah Susan ernst an.

Die kniff die Lippen und die Augen zusammen, was ihr einen ungewollt drolligen Ausdruck verlieh. „Das klingt jetzt aber schon ziemlich langweilig. Danke vielmals, aber da verzichte ich lieber. Jetzt weiß ich auch wieder, warum ich deinen Buchladen so verabscheue“, schnaufte sie und verzog ihr hübsches Gesicht. In einer Pose, die an Hollywoodsternchen erinnerte, fuhr sie sich mit ihren sorgsam manikürten Nägeln durchs Haar, betrachtete im Schaufenster ihr Profil und wandte sich dann wieder Alexandra zu, die inzwischen dazu übergegangen war, die Programme in ihrem Computer zu speichern und zu schließen.

„Warum erzählst du mir dann lauter Sachen über ihn, sodass ich einfach etwas dazu sagen muss?“, stöhnte sie leicht genervt, doch Susan würdigte sie keiner Antwort. Alexandra beließ es dabei, denn trotz aller Meinungs- und Wesensverschiedenheiten war Susan ihre beste Freundin und eine Vertraute ohnegleichen. *Trotz aller Unterschiede,* dachte sie und musste unwillkürlich lächeln. War das nicht herrlich?

Susan nahm wahllos ein Buch vom Stapel, besah sich das Titelbild, drehte es in der Hand und fragte, noch bevor sie überhaupt begonnen hatte, den Klappentext zu lesen: „Worum geht's da? Ist das gut?"

„Das ist ein klasse Buch!", rief Alexandra erfreut und hoffte, ihre Freundin doch mal zum Lesen bewegen zu können. „Es geht um ein altes Paar. Nun, eigentlich sind sie gar kein Paar. Sie sind nur beide verwitwet und wohnen Tür an Tür. Es geht um ihren Versuch, miteinander eine neue Beziehung einzugehen und dabei …"

„Uff …", unterbrach Susan sie, blies sich gegen die Stirn und schaute zur Decke. „Tür an Tür ... Meinst du, uns geht es einmal genauso? Dass wir allesamt als Nachbarn verrunzeln?“

„Wir? Susan! Wir sind gerade mal 23!", rief Alexandra entsetzt.

„Na und?", konterte Susan ungewohnt kühl.

„Nun, schon möglich“, gab Alexandra daraufhin mit einem Schulterzucken zurück und schloss die Kasse. Es war tatsächlich niemand mehr gekommen und nun, um zwei vor sechs, würde das auch nicht mehr der Fall sein.

„Na dann, beeil dich mal lieber! Oder willst du alt und grau werden, ohne nochmals richtig guten Sex gehabt zu haben?", rief Susan und wandte sich entschieden zum Gehen. Ganz offensichtlich konnte sie es kaum erwarten, ihren Wodka Cranberry zu trinken und dabei, über den Glasrand schielend, mit jungen Bankern zu flirten, die gern vom Merrion Square nach Temple Bar kamen, dem Barviertel Dublins.

„Okay, ich komme ja schon!" Schnell überprüfte Alexandra, dass alles ausgeschaltet war, was ausgeschaltet sein musste, und dafür alles eingeschaltet war, was eingeschaltet sein musste. Wie sie aussah, daran konnte sie sich noch erinnern, und binnen einer Viertelstunde würde sich ihr Aussehen nicht von selbst zerstört haben. Also nahm sie ihre Tasche und ihre Jacke und folgte Susan aus dem Laden, den sie ordnungsgemäß abschloss. Wenn sie erwartet hatte, von milden Frühlingslüften empfangen zu werden, so wurde sie herb enttäuschte, denn eine kühle Brise wehte ihr um die Nase.

„Oh nein!", seufzte sie still bei sich und hoffte, dass sie noch trockenen Fußes ins Pub oder doch besser nach Hause kämen. Sie wohnten zwar nicht weit weg, aber das Dubliner Wetter war eben sehr irisch, sprich: unberechenbar und launisch. Schweigend überquerten sie die Straße, um an der Uferpromenade von Dublins berühmtem Fluss, dem Liffey, weiterzugehen. Das Wasser glitzerte noch wunderschön in der Sonne, nur der böige Wind störte. Um sie herum dröhnte der dichte, wenn auch meist stehende Verkehr, der die engen, einst für wenige Pferdefuhrwerke gebauten Straßen zwei Mal täglich für mehrere Stunden heillos verstopfte.

„Also, was hat er denn nun genau gesagt?", griff Alexandra nach einigen Schritten wieder das Thema auf, von dem sie hoffte, dass es ihre Freundin nicht wie beim letzten Mal in ein tiefes Tal aus Tränen stürzen würde. Schon oft hatte sie sich gefragt, was ein Tal aus Tränen eigentlich genau sein sollte, aber da sie die Antwort bislang nicht gefunden hatte, verzichtete sie heute darauf, sich diese Frage erneut zu stellen.

„Och! Er ist so gemein! Er hat mir vorgeworfen, dass sein Kaffee nie so sei, wie er ihn will, und dass es wohl künftig besser sei, wenn er ihn sich selbst macht!", schniefte Susan herzerweichend, während Alexandra sich gerade noch davon abhielt, ebenso zu stöhnen. Es war einfach immer das Gleiche mit diesem schrecklichen Chef! „Und das, wo doch wirklich jeder weiß, wie sehr ich mich anstrenge, ihm sein Leben so angenehm wie möglich zu machen!", fuhr Susan in einem bedrohlich nah am Wasser gebauten Ton fort. Sie legte einen Zahn zu, sodass Alexandra sich weit nach vorne strecken musste, um ihren Arm zu drücken.

„Aber du bist doch die beste Sekretärin, die er sich nur vorstellen kann!", tröstete sie sie rasch.

„Ach! Wenn er das nur endlich auch so sehen würde!", jammerte Susan.

„Vielleicht solltest du dich mal mit anderen Männern treffen. Ich meine – du kannst doch nicht dein ganzes

Leben mit einer aussichtslosen Schwärmerei für deinen Chef verschwenden!"

„Ich weiß, ich weiß! Aber … Es ist einfach so schwer, von ihm wegzukommen, wenn ich ihn jeden Tag sehe, und er dann …". Susan ließ den Rest offen und verstummte.

„Er dich dann plötzlich wiedersehen will. Ich weiß", seufzte Alexandra und blickte zu Boden. Manchmal kam es ihr so vor, als würde sie bei dem Ganzen noch mehr als Susan leiden, was möglicherweise daran lag, dass sie nur die Leidensgeschichte präsentiert bekam, aber von den Vorzügen - wie gesagt - nichts hören wollte. „Aber irgendwie muss es doch einen Ausweg geben! Es kann doch nicht ewig so weitergehen!"

Betrübt schüttelte Susan den Kopf. „Ich kann meinen Job nicht wechseln. Du weißt doch selbst, wie schwer es ist, etwas zu finden. Noch dazu im Zentrum, wo ich kein Auto brauche und gut verdiene."

Schweigend gingen sie den Bachelors Walk entlang zur O'Connell Bridge, die sie überquerten, um Temple Bar zu erreichen. Von dort war es nicht weit zu dem vierstöckigen

Haus, in dem sie zurzeit zu fünft wohnten. Einfach die Grafton oder Dawson Street hinunter, an St. Stephen's Green vorbei und schon wären sie nach wenigen Minuten zu Hause in der Orange Street. Doch der Weg an den vielen verlockenden Bars vorbei konnte sich ins Unermessliche ziehen und das Raum-Zeit-Kontinuum erheblich beeinträchtigen.

Nur zu gut wusste Alexandra, dass Susan nicht bereit war, ihren Traum aufzugeben, in dem sie die schöne, angesehene Frau eines erfolgreichen Geschäftsmannes war. Nicht umsonst investierte sie derart viel Zeit und Geld in ihr Aussehen.

Alexandra dachte an ihr eigenes Leben. Sie war in einer ähnlichen und doch vollkommen anderen Situation. Zwar war sie ebenso allein und ebenfalls ohne große Hoffnung, ihr Single-Dasein in absehbarer Zukunft zu beenden. Doch in ihrem Fall lag das hauptsächlich daran, dass sie es nicht anders wollte. Im Gegensatz zu Susan wollte sie ihre Gefühle nämlich schützen, und so war sie immer darauf bedacht, niemanden zu nahe an sich heranzulassen. Ihr Herz war schon zu viele Male gebrochen worden, als dass sie sich so einfach noch mal auf jemanden würde einlassen können. Susans Herz hingegen schien nur dadurch noch zu spüren, dass es lebte, indem es gebrochen und misshandelt wurde.

„Ich weiß wohl, dass ich kaum die richtige Person bin, um dir Ratschläge in Beziehungsfragen zu geben. Schließlich bin ich seit einem Jahr solo", nahm sie den Faden wieder auf. Aber, so dachte sie, verglichen mit ihr würde Susan sich hoffentlich schnell wieder besser fühlen. Stattdessen seufzte die und meinte verdrossen: „Ich wünschte, ich wäre wie du."

„Wie ich? Was? Die Ice Queen? Nicht liebenswert?" Alexandra stieß ein entrüstetes Schnaufen aus. Zumindest lachte Susan jetzt auch.

„Ach, komm, du weißt genau, dass du nichts davon bist. Du bist sogar total liebenswert, und das weißt du auch! Nicht wahr? Andernfalls wäre Rick nicht seit Jahr und Tag rettungslos in dich verknallt!"

„Rick? Rick Mahoney? In mich verknallt?" Alexandra gab sich überrumpelt, schlug sich mit der Hand an die Brust und schaute Susan aus großen, ungläubigen Augen an.

„Genau der“, gab Susan zurück und rempelte sie mit dem Ellbogen an.

„Hi hi“, lachte Alexandre leicht verlegen. „Das ist, glaube ich, passé. Seitdem ich eingezogen bin, also vor zwei Jahren, hatte er bestimmt dreißig verschiedene Freundinnen und lässt obendrein keine Gelegenheit für einen weiteren One-Night-Stand aus!"

„Das tut er doch nur, um von dir abzulenken!"

„Ach, komm, Süße, lass gut sein!", wehrte Alexandra ab und musste doch zugeben, dass sie sich geschmeichelt fühlte. Immerhin sah Rick mit seinem durchtrainierten Körper, den

Haaren und Augen, die an Zartbitterschokolade erinnerten, verdammt gut aus. Doch ganz abgesehen davon war er ihr Vermieter. Seinem Vater, einem international erfolgreichen Rocksänger, gehörte das vierstöckige georgianische Gebäude in dem mittlerweile unbezahlbar gewordenen Zentrum der Stadt. Da Rick nicht gern allein wohnte, hatte er alle Wohnungen renovieren lassen und sie zu einem eher symbolischen Wert an seine Freunde vermietet, damit sie auch nach dem Studium - das bis auf Rick alle vor zwei Jahren mit dem Bachelor abgeschlossen hatten - zusammen wohnen bleiben konnten. Nur Rick, der *Sohn*, studierte noch immer. Was das war, wusste keiner so genau - nicht mal er selbst -, aber das spielte bei dem unerschöpflichen Vermögen seines Vaters keine Rolle.

„Egal", beendete Alexandra das Thema und schnitt dabei mit der flachen Hand durch die Luft. „Es geht jetzt auch gar nicht um mich, sondern um dich und deine Affäre."

„Du hast doch mit deinem Liebesleben angefangen!", spielte Susan den Ball zurück.

„Aber ich habe doch gar keine Liebesleben!", erwiderte Alexandra eingeschnappt, woraufhin Susan nichts mehr sagte. Sie hatte sich noch nie Gedanken darüber machen müssen, wie es sich als Single lebte, da sie immer nahtlos -

wie eine Biene von einer Blume zur anderen - von einem Mann zum nächsten geschwirrt war.

Alexandra hingegen lebte lieber allein, als sich tagein tagaus mit den Eigenarten und Problemen einer zu nichts führenden *Lieb- und Leidenschaft*, wobei ihre Betonung auf *Leiden* lag, herumzuschlagen. Oder sich davon das Leben schwer machen zu lassen.

„Sollen wir hier reingehen?", unterbrach Susan ihre Gedanken und steuerte auf ein traditionelles Pub zu, dessen Fenster- und Türrahmen glänzend rot lackiert waren. Die Brise hatte sich zu einem regelrechten Wind entwickelt, was in Dublin unmittelbar drohenden Regen ankündigte. Mit einem Blick in den rasch gefährlich grau werdenden Himmel gab Alexandra sich geschlagen und folgte der Freundin in den gut besuchten Pub. Sie sollte wirklich weniger trinken, das wusste sie, aber um das Vorhaben in die Tat umzusetzen, musste sie wieder einmal, wie so oft, bis zum nächsten Tag warten.

„Komm, nur ein Drink!", beharrte Susan und drängte sich schon mit erhobenem Haupt zwischen die an der Theke Wartenden. „Du hast doch sonst auch gar nichts zu tun!"

„Ich will aber mein Buch fertig lesen!", murmelte Alexandra vergeblich und dachte wehmütig an ihre

Ausgabe von „Ich, Eleanor Oliphant", das in ihrer Tasche wartete. Susan, die schon in dem Gewirr aus Stimmen, Gelächter und Musik eingetaucht war, hörte sie nicht mehr, und so gab Alexandra sich geschlagen. Eleanor würde auch später noch Gelegenheit genug haben, *dem Musiker*, wie sie ihr *Liebesobjekt* oft bezeichnete, näher zu kommen.

2 Harvey

Harvey Slate konnte die Nummer im Schlaf herunter leiern, so oft hatte er sie schon zum Besten gegeben. Der Song hatte sich wochenlang auf Platz Eins der deutschen und österreichischen Charts gehalten und hatte ihn reicher gemacht als alles, was davor und - zumindest bisher - danach gekommen war „Lo-lo-love me if you cähähn … tralalala." Wenn es nach ihm ginge, würde danach auch nichts mehr kommen. Aber wer war er schon, dass er in seinem eigenen Leben etwas mitzureden gehabt hätte!

Wie immer versuchte er, über die tobende Menschenmenge hinweg zu schauen und einen Punkt am anderen Ende der Halle oder des Stadions zu fixieren. Doch heute stimmte gar nichts mehr mit ihm. Die hinter dem Wald untergehende Sonne irritierte ihn und lenkte ihn so sehr ab, dass er in die Gesichter der vor Verzückung hysterisch kreischenden Fans schaute. Das war fatal, denn dann konnte er nicht mehr singen. Also schloss er die Augen. „But you cahahan't … because your heart is fro-ho-hozen." Verdammt! Wie sehr er sich wünschte, etwas anderes singen zu können! Etwas. Alles. Irgendetwas. Aber nicht mehr das. Wenn er seine Songs selbst schreiben dürfte, hätte er viel bessere Texte. Und Melodien! Schönere Wörter, viel mehr Gefühl, viel mehr echtes Gefühl … Aber er durfte ja nicht! Und was noch schlimmer war: Niemand verstand ihn. Denn für alle Welt schien das, was er tat, die Erfüllung eines großen Traums zu sein! Als er sich mit neun Jahren selbst beigebracht hatte, Gitarre zu spielen, und als er als kleiner Junge aufgrund seiner kräftigen, warmen Stimme im Chor aufgefallen war, da hätte er sich niemals träumen lassen, dass er es einmal so weit bringen würde. Nun, *so weit* Das war relativ, und das war der Knackpunkt. Erfolg, Geld und Ruhm, das hatte er erreicht. Aber das hatte nichts mit seiner Liebe zur Musik oder zum Leben zu tun.

Das Synthetik seiner silberglänzenden Jacke klebte an seiner durchschwitzten Haut fest, und er wünschte, er hätte die Sachen nach seinem halben Striptease, bei dem er sich bis auf eine affig bedruckte Boxershort auszog, nicht mehr angezogen. Da! Der letzte Akkord! Erleichtert riss er den

Gitarrenhals steil nach oben. Automatisch grinste er. *Triumph und Ruhm!* Die Girls tobten und schleuderten ihm die letzten Herzen, Teddys und Rosen sowie BHs und Slips aus ihrem schier unerschöpflichen Vorrat um die Ohren. Vor jedem Konzert betete er darum, dass die nicht getragen waren, denn nicht immer gelang es ihm, rechtzeitig auszuweichen. Erlöst grinsend hob er beide Hände in die Luft, drehte die Handgelenke, ließ den Oberkörper nach vorne fallen, richtete sich wieder auf und applaudierte seinerseits den Fans. „Gute Nacht, Berlin!", rief er. „Ihr wart FAN-TAS-TISCH! Ich liebe euch! Ihr seid die Größten!"

Auf dem Bildschirm hinter ihm flimmerte ein breiter, staubiger Highway, der durch eine karge Wüste führte, in der nichts außer mannshohen Kakteen wuchs. Die Straße verlief sich im Horizont; kein Ende und kein Ziel absehbar. *Wie mein Leben*, dachte er, als er dank eines technischen Tricks auf dem einsamen Highway von der Bühne zu gehen schien. Natürlich schrien alle nach einer Zugabe, die normalerweise einen festen Bestandteil seiner Auftritte bildete. Aber er schaffte es nicht. Nicht heute. Nie wieder! Unmöglich konnte er noch ein Lied singen. Sein Körper schmerzte höllisch, seine Stimmbänder kratzten und er hatte die Schnauze gestrichen voll von dem kreischenden Kindergarten bestehend aus pubertierenden und mit Slips um sich werfenden Mädchen.

„Ladies and Gentlemen – Harvey Slate!", plärrte da die Moderatorin des Festivals über die Lautsprecher.

Ja, ja, Harvey Slate! Aber Harvey Slate wollte nicht mehr auftreten. Er wollte nur noch in Ruhe in seiner Badewanne liegen, ein Bier oder einen Whiskey in der einen, vielleicht etwas anderes in der anderen Hand … und abschalten. Nur noch abschalten. Warum war ihm das nie vergönnt? Warum nur?

Da kreuzte der scharfe Blick seines Managers Marc seinen. Der war stinkwütend und funkelte ihn mit seinen beinahe pechschwarzen Augen bedrohlich an. „Sing. Die. Zugabe", zischte er mit einem vor Wut verzerrten Gesicht, und Harvey musste seine Worte nicht hören, um zu verstehen, was er wollte. Dennoch versuchte er, mit Sich-Dumm-Stellen durchzukommen und grinste unschuldig. Er war schon an ihm vorbei und hatte bereits einen Fuß in seine Garderobe gesetzt, als ihn eine Hand im Nacken packte und barsch herum drehte.

Fuck.

„Trau dich ja nicht! Raus mit dir. Zugabe!" Marcs Griff wurde schmerzhaft, bevor er seinen Schützling zurück in Richtung Bühne schubste. Widerwillig und angespannt grinsend trat Harvey wieder ins Scheinwerferlicht, straffte die Schultern, griff das Mikrofon und flüsterte mit Honig in der Stimme: „Das ist für euch. Weil ihr heute so wunderbar wart, hier ein kleines Dankeschön! Berlin!"

Wie zu erwarten, brach die verschwitzte Menge erneut in ohrenbetäubendes Gekreische aus.

Harvey drehte sich zur Band um, nickte und hob zwei Finger, um ihnen mitzuteilen, welche Nummer er singen würde. Und dann sang er das Lied, und die Fans und der Manager waren glücklich, und er war sich sicherer denn je, dass sich etwas in seinem Leben ändern musste, und zwar bald. Er nahm das winzige Mikro von seinem Ohr ab, seufzte, verneigte sich wieder, applaudierte, ging rückwärts von der Bühne und kämpfte sich durch die Traube von Fans, die es irgendwie Backstage geschafft hatten. Artig unterschrieb er auf Büchern, T-Shirts und Armen. Nur bei den nackten Brüsten weigerte er sich strikt, denn schließlich wollte er nicht wegen Verführung Minderjähriger oder sexueller Belästigung angeklagt werden. Man wusste ja nie, wozu enttäuschte Fans in der Lage waren! Abgesehen davon törnte ihn ein derart billiges Anbiedern extrem ab.

Als er es schließlich in die Garderobe schaffte, waren seine Freunde Luca und Tom schon da. Luca hatte eine Flasche Jack Daniels Black in der Hand und wartete nur darauf, sie zu köpfen. Ebenso wie Harvey nur darauf wartete, aus seinen verschwitzten Synthetik-Klamotten zu kommen. Kaum hatte er die Tür hinter sich zugezogen, zerrte er sich die Jacke von den Armen, das klatschnasse T-Shirt über den Kopf und den Reißverschluss der hautengen Hose auf.

„Bin sofort da"; grüßte er seine Kumpels, auf die er an einem Tag wie diesem auch gern verzichtet hätte. Er wollte wirklich nur seine Ruhe und endlich mal allein sein. Aber da war wohl nichts zu machen. „Muss nur schnell unter die Dusche!"

„Beeil dich, Mann!", rief Luca ihm nach und goss die bernsteinfarbene Flüssigkeit in zwei Gläser. „Wir warten noch drei Minuten auf dich! Gib Gas!"

„Tut euch keinen Zwang an!"; rief er zurück und stieg in die Nasszelle.

„Hey, hey! Mach bloß nicht schlapp! Wir wollen doch noch ins Berghain!"

„Ihr wollt. Ich nicht", murmelte er, dann drehte er das Wasser auf und hörte nichts mehr.

Nach der wohltuenden Reinigung war er zu faul, sich richtig anzuziehen und stieg nur in seine Boxershorts. Seine Freunde und er kannten sich seit dem Kindergarten, da musste er sich keinen Zwang antun. Er wusste, dass sein Körper perfekt trainiert war; kein Gramm Fett, Muskeln an den richtigen Stellen, nicht zu viel, nicht zu wenig, nichts Aufgepumptes und kein Haar zu viel. Nur ein paar an Beinen, Armen und Stellen, die niemanden etwas angingen. Seine straffe Haut glänzte, stellte er fest, als er sich im Vorbeigehen in einem der raumhohen Spiegel anschaute.

„Gute Show, Mann!", meinte Tom nickend und reichte ihm ein Glas.

Harvey grunzte eine Antwort, blieb vor den beiden stehen, die auf einem schwarzen Ledersofa saßen, nahm das Glas und einen tiefen Schluck. Der Alkohol brannte in seiner Kehle, aber das tat gut.

Von der Tür her hörte er Klopfen und Kreischen. Stoisch versuchte er, es zu ignorieren. Er hatte heute doch schon so viel für seine Fans getan! War denn nie Schluss?

„Hey, schick doch mal Lark raus, damit er die drei heißesten Bienen für uns aussucht!", sagte Luca kopfschüttelnd. Lark war so etwas wie ein Bodyguard. „Ich verstehe echt nicht, warum du die Situation nicht mehr ausnützt! Die Hasen liegen dir zu Füßen und du? Du ..."

„Interessiert mich nicht", wies Harvey ihn knapp zurück und ließ sich mit einem tiefen Seufzer der Erleichterung neben die beiden aufs Sofa fallen. „Die Zeiten sind vorbei! Endgültig."

„Waas? Soll das ein Witz sein?", schrie Tom ungläubig und richtete sich auf. „Wer bist du? Und was hast du mit meinem Freund angestellt?", fragte er mit einer so bedrohlichen Stimme, als spräche er mit einem Psychopathen. Er legte beide Hände um Harveys Gurgel und schüttelte ihn, woraufhin selbst Harvey lachen musste.

„Es ist hier vorbei. Wir müssen neue Länder erobern. Das meinte ich. Vielleicht macht das einen Unterschied. Italien, England, die USA …", wich er aus, um leidige und zu nichts führende Diskussionen zu vermeiden.

„Yo, Mann, sag ich doch die ganze Zeit! Meine Rede!", stimmten die anderen beiden in Vorfreude auf weite Reisen und Partys mit einem lauten High-Five ein.

„Du hast mich echt kurz schockiert", meinte Tom dann. „Ich dachte schon …"

„Nicht denken", unterbrach Harvey ihn. „Schütt nach!"; verlangte er und hielt ihm sein leeres Glas hin.

„Aber wie kommst du zu dem Schluss? Meinst du, du hast schon alle heißen Bräute hierzulande flachgelegt?", spottete Luca und lachte abfällig, während er das Glas randvoll füllte.

„Zumindest die über Achtzehnjährigen ", konterte Harvey trocken.

„Oder wirst du alt? Kannst oder willst du nicht mehr? Ist es das?", höhnte Tom weiter.

„Sch! Du bist ja nur neidisch!", gab Harvey barsch zurück.

Sein Kopf schwirrte. Warum? Er wollte nicht mehr, das war es. Die Girls, die sich ihm an den Hals und zu Füßen warfen, interessierten ihn nicht mehr. Er konnte sie alle haben. Und was man so leicht haben konnte, war nichts wert. Das galt für alles. Für Mädchen, Geld, Whiskey … er hatte genug davon.

„Ich? So ein Unsinn! Ich mache mir nur Sorgen um dich und wie du ohne Sex auskommen willst!"

„Ob es dich … verändert?", fragte Luca mit gespielter Besorgnis, verengte die Augen zu Schlitzen und fixierte Harvey. „Ob du … vielleicht auf Männer stehst?", flachste er und leckte sich über die Lippen.

„Haha, lass den Scheiß, trink lieber!"

„Auf uns, Jungs!", unterband er jegliche weitere Kommentare und nahm einen großen Schluck, der selbst ihm zu viel war. Er schüttelte sich und verschüttete dabei reichlich Whiskey auf seiner nackten Brust.

„Was machst du denn da, du Schussel! Das ist ja pure Verschwendung!", schrie Luca, lachte tief hinten in der Kehle und schnellte in Lichtgeschwindigkeit zu ihm herum. Dann stemmte er seine Hände neben Harveys kräftigen Oberschenkeln in das Ledersofa, reckte den Kopf vor, streckte die Zunge heraus, grinste dämlich und ehe Harvey verstand, was vor sich ging, leckte er den Whiskey von seiner glatt rasierten und perfekt definierten Brust.

„Ihhhh – du Sau!“, kreischte Harvey gerade entsetzt, als die Tür, gegen die so lange hartnäckig getrommelt worden war, aufflog.

In Bruchteilen von Sekunden erkannte Harvey, was, wer auch immer in dem gleißenden Licht des Türrahmens stand, sah: Ihn beinahe vollkommen nackt, auf einem Sofa zurückgelehnt, mit einem Mann zwischen seinen Beinen, der an seiner nackten Brust herumleckte.

Oh, leck ...

Und nur einen halben Sekundenbruchteil später wusste er, dass er sich keine Sorgen über verhasste Auftritte und Schnulzen mehr machen musste. Ein entspanntes Lächeln breitete sich auf seinen Lippen aus.

„Aaaah!", hallten die Schreie der drei Reporter durch die Gänge und in den Backstageroom. Zuerst entsetzt, dann begeistert und am Schluss absolut fanatisch darüber, dass sie diese Wahnsinns-News ergattert hatten! Harvey Slater, Schwarm aller Mädchen, war *schwul! Schwul!* Das musste man sich erst einmal auf der Zunge zergehen lassen! Harvey Slater – für alle Zeiten unerreichbar!

Wie von der Tarantel gestochen kam Marc angerast, zog und zerrte, kreischte und schrie, wie vor Kurzem Harvey die Reporter an ihren Kragen und Ärmeln aus dem Zimmer. Mit einem lauten Krachen knallte er die Tür ins Schloss, drehte den Schlüssel um und lehnte sich kurz dagegen, bevor er losdonnerte und auf die Jungs zu stapfte. „Was. Um. Gottes. Willen. War. Das?", kreischte er. Seine Stimme überschlug sich und Spucke flog aus seinem Mund, während seine Augen Blicke so tödlich wie spitze Speere abfeuerten. „Die Paparazzi haben alles! Bis du dich angezogen hast, ist alles viral! Wir sind ERLEDIGT!", brüllte er. „Und seit wann habt ihr überhaupt etwas miteinander?" Sein Gesicht war dunkelrot und vor Hass verzerrt.

„Hey – ja, schöne Scheiße, aber wir sind nicht schwul!" Harvey lachte und hob die Hände, als könnte er so etwas an dem Elend ändern. „Ich ..."

„Nichts *du*. WIR sind erledigt!", keifte Marc. „Wie kann man nur so blöd sein!"

Ja, wie konnte man nun, dachte Harvey und grinste noch breiter. Das hier war die Lösung all seiner Probleme ... Scheiß auf Plan B, den er hatte schmieden wollen!

„Weißt du, wie hoch die Vertragsstrafe der Plattenfirma ist?"

„Ver... tragsstrafe?", echote Harvey, und das Lachen blieb ihm im Hals stecken.

„Zehn Komma drei Millionen!", donnerte Marcs Stimme, gefolgt von seiner Faust gegen die Wand.

„Hei... Holy Shit", murmelte Harvey und fuhr sich durchs Haar.

„Yep. Das kannst du laut sagen. Und jetzt ab mit euch! Zieht euch an. Geht raus. In ‘nen Klub. Reiß eine ... ach was, eine! Reiß drei Weiber auf und lass dich ordentlich dabei fotografieren. Von mir aus machst du's auf der Tanzfläche, aber nicht mit ihm da! Kapiert?", brüllte Marc mit schwindender Kraft. „Ich schicke euch Schreiberlinge hinterher."

„Dann ist das Berghain wohl gestorben.", murmelte Tom mit hängenden Schultern, woraufhin Luca ihn unsanft in den Arm boxte.

„Ja! Das ist es! Da fällt es doch gar nicht auf, wenn ihr öffentlich poppt! Ab ins Qdorf oder sonst was dergleichen, wo Touris sind. Zieh dich an, ich sag dir noch genau, wohin."

Harvey war gerade dabei, ins Nebenzimmer zu gehen, als er mitten im Schritt stehen blieb. Er holte tief Luft und drehte sich zu Marc um. Dann stemmte er die Hände in die Hüften.

„Marc", sagte er mit merkwürdig fester Stimme. „Ich will nicht mehr."

„Was?" Marc fuhr herum und fraß ihn beinahe mit seinen Blicken.

„Ich will meine Ruhe. Ich habe keinen Bock mehr, ständig das zu tun, was die Fans von mir erwarten."

„Die Fans? Die Fans? Ich auch! *Du* auch! Weißt du, was dein Lebensstil kostet? Du verschleuderst die Kohle ja nur so! Das Geld muss irgendwoher kommen! Du hast keinen richtigen Job, keine Ausbildung, nichts! Schon vergessen? Alles, was du kannst, ist, pubertierenden Teenies feuchte Höschen zu bescheren, wenn du dein Becken kreisen lässt!"

Nun bebte Harvey vor Wut. „Das stimmt nicht", brüllte er und trat mit dem Fuß gegen einen Stuhl. Er ballte die Hände zu Fäusten und zitterte. „Ich kann viel mehr, nur lässt mich keiner!"

„Weil du dich anders nicht verkaufen lässt, Bübchen!", zischte Marc, drehte sich um und rief im Hinausgehen: „Und jetzt komm zur Vernunft! Die Kohle will sich niemand von uns entgehen lassen!"

Sobald Marc das Zimmer verlassen hatte, sank Harvey auf das Sofa, ließ den Kopf hängen und begann, vor Wut zu heulen. Er sprang auf, zertrat den Tisch, eine Lampe und etliche andere Dinge, und es dauerte, bis Luca und Tom ihn beruhigt hatten. „Komm, hey, wir reden mit Marc. So kann das ja echt nicht weitergehen."

Marc allerdings beharrte darauf, dass es sehr wohl so weitergehen musste. Er sei gewillt, am nächsten Tag über Möglichkeiten zu sprechen, doch nun müssten die Jungs raus in die Nacht, um Fotos zu ermöglichen, die der Welt Harveys Heterosexualität bewiesen. Der Einwand, er könnte sich doch als bi outen, wurde abgeschmettert.

„Hört mal. Das ist ein Mega-PR-Desaster", begann der Manager am nächsten Tag, nachdem die Jungs für ausreichend Fotomaterial gesorgt hatten und sich ihre hämmernden Köpfe mit Zitronenkaffee, Kopfschmerztabletten und kalten Tüchern auskurierten. „Es ist weitaus schlimmer, als ich angenommen hatte. Aber nichts, was ich nicht wieder hinkriegen würde. Du musst vorrübergehend von hier weg. In deine Wohnung kannst du nicht. Da lungert die ganze Meute herum. Überhaupt kennt dich hierzulande jeder. Also, was ich dir anbieten kann, sind ein paar Wochen irgendwo. Inkognito. Das wolltest du doch immer, oder? Wo dich keine Sau kennt …", erklärte er den verständnislos dreinblickenden Jungs. „Aber nur du, Harvey. Die anderen beiden bleiben hier."

„Wie?" Für Harvey, der eigentlich Harald hieß, aber nur über seine Leiche so angeredet werden durfte, ging das alles zu schnell.

„Oh, warum denn nicht wir?", maulte Luca.

„Weil er euch nicht euer Leben lang aushalten kann! Sucht euch 'nen Job", fuhr Marc ihn an.

„Aber er wird sich alleine langweilen!"

„Dann buchen wir dir gleich mal ein Ticket nach Thailand, oder willst du lieber nach Bali oder Florida? Sag schon!“

„Florida“, antwortete Harvey, in dessen Kopf sich jedoch gerade ein ganz anderer Plan zusammensetzte.

Rick Mahoney, der Sohn von Ben Mahoney, der irischen Rocklegende, war ein guter Freund von ihm. Hatte der nicht mal was von einer Art WG erzählt, in der jeder seine eigenen Wohnung hatte? Das klang nach … richtig runterkommen!

„Gut, dann pack mal alles, was du brauchst. Viel wird das ja nicht sein. Ich sag dir, wann der Flieger nach Miami geht, okay?“

„Okay!“ Harvey strahlte und wählte, sobald er sich sicher war, dass niemand ihn hören konnte, Ricks Nummer und bestieg kurze Zeit später eine Aer Lingus Maschine mit dem unverkennbaren grünen Kleeblatt hinten drauf.

3 Alexandra

Als Alexandra am nächsten Tag die Vorhänge in ihrem Schlafzimmer aufzog, strahlte die Sonne von einem tiefblauen Himmel, über den nur ab und zu unschuldig weiße Schäfchenwolken zogen. Gestern Abend hingegen waren sie in dem Pub versumpft, denn die heftigen Schauer hatten ausgerechnet immer dann nachgelassen, wenn sie gerade die nächste Runde bestellt hatten. Glücklicherweise war heute ihr freier Samstag, sodass sie in Ruhe bis zwölf Uhr hatte schlafen können. Wie sie den vertrauten Geräuschen entnehmen konnte, weilten ihre Mitbewohner bereits im Garten. Ein Garten in Dublin, noch dazu im Zentrum, war ein seltener und für die meisten Menschen unerschwinglicher Luxus, den sie einzig und allein Rick verdankten und in vollen Zügen genossen. Wann immer es möglich war, trafen sie sich dort, um zu grillen, zu lesen, zu entspannen, Blumen zu pflanzen, Tomaten und Himbeeren zu ernten und – nun ja, auch zum Baden, denn Rick hatte es sich nicht nehmen lassen und ein überdimensionales *Planschbecken* für Erwachsene aufgestellt.

Ihr Kopf dröhnte von den vielen Drinks, die sie gestern gar nicht so widerwillig getrunken hatte. Natürlich war der Abend mit Susan sehr lustig geworden, besonders als noch Rick, sein Freund Barry und die Zwillinge dazu gekommen waren. Aber genau das war ja das Problem! Es war *immer* lustig. Und zu viel *lustig* war auf Dauer bestimmt sehr ungesund. Zumindest, wenn sie von den Ringen unter ihren Augen, der trockenen Kehle, dem pochenden Kopf und dem Übelkeitsgefühl ausging.

Leicht schwankend zog sie ihre Laufschuhe an - und gleich wieder aus. Um sie drehte sich alles und ihr Magen hob und senkte sich gefährlich. So schleppte sie sich unter die Dusche, seifte sich mit dem nach Orangen duftenden Gel ein und schlüpfte anschließend in ein leuchtend türkises Sommerkleid, das mit Seepferdchen und Korallenbedruckt war. Besonders hübsch daran fand sie, dass einige Konturen mit kleinen Muscheln bestickt waren. Ihre dichten, langen, blonden Wellen ließ sie zum Trocknen offen auf den Rücken fallen, und als Make-up mussten heute eine getönte

Tagescreme und Wimperntusche reichen. Schnell presste sie sich noch eine Zitrone aus, rührte warmes Wasser und etwas Salz hinein und fühlte sich prompt besser. Vielleicht war Alkohol doch nicht so schädlich!

Dann hüpfte sie den Umständen entsprechend beschwingt in den Garten, wo die gesamte *Mannschaft* versammelt war. Die braunhaarigen und sehr grazilen eineiigen Zwillinge Natalie und Melanie sonnten sich neben Susan auf den bequemen Sonnenliegen. Sie teilten sich eine Wohnung im Erdgeschoss, wohnten also eine Etage unter Susan, die sich gerade selbst gemachten Eistee aus einer großen Glaskaraffe eingoss. Darüber befand sich Alexandras Reich, während die Wohnung über ihr momentan leer stand, da sich Darragh für ein paar Monate die Welt anschaute, und ganz oben, mit einer schönen Dachterrasse, residierte Rick, der Eigentümer des gesamten Gebäudes. Jetzt stand er am Grill und drehte köstlich duftende Würstchen um.

„Guten Morgen, du alte Schlafmütze!", grüßte Susan gut gelaunt, zog die Sonnenbrille herab und blinzelte sie an. „Wir haben uns schon Sorgen um dich gemacht."

„Ha, ha“, machte Alexandra und nahm sich auch ein Glas Eistee. „Nicht lustig.“

„Puh, Leute, echt. Ich kann gar nicht glauben, wie heiß es heute ist. Wir sollten echt an den Strand gehen“, schlug Natalie vor und richtete sich auf.

„Oh ja, Strand! Vielleicht nach Sandymount?“, stimmte ihre Schwester sofort ein.

Es war beinahe unmöglich, die beiden voneinander zu unterscheiden. Sie verhielten sich absolut identisch, sie dachten das Gleiche, sie lachten über die gleichen Dinge und verteidigten sich gegenseitig bis aufs Blut. Außerdem ähnelten sie sich wie ein Ei dem anderen. Sie hatten die gleichen niedlichen Spitznäschen, die gleichen vollen und jetzt leuchtend pink geschminkten Lippen, den gleichen zierlichen Körperbau und einen sehr definierten, aber immerhin noch weiblichen Waschbrettbauch. Nichtsdestotrotz waren Natalies lange, braune Locken eine Nuance dunkler als die Melanies, die sie zudem ein wenig kürzer trug.

„Theoretisch ist das eine super Idee. Nur können wir jetzt nicht weg“, wandte Rick ein und drehte ein Steak auf dem Grill um.

„Und warum nicht?", fragte Susan.

„Weil gleich ein Freund kommt", sagte er einsilbig und starrte auf den Grill.

„Ach, na – aber der kann doch mitkommen!", riefen die Zwillinge wie aus einem Mund.

„Oder wir treffen uns gleich dort. Wo wohnt der denn?“, schaltete Alexandra sich ein.

„Welcher Freund denn überhaupt?", wollte Susan aufgekratzt wissen. Offenbar dachte sie zumindest einen Moment lang nicht an ihren Chef, schoss es Alexandra durch den Kopf, die nun einen starken Espresso aus der alten, im Garten aufgestellten DeLonghi-Maschine laufen ließ.

„Ich glaube, ihr kennt ihn nicht. Er heißt Harper", antwortete Rick ebenso ausweichend wie vorhin und drehte seine Grillsachenschon wieder um.

„Harper? Was ist das denn für ein komischer Name! So heißt doch kein Mensch!", prustete Susan los und schlug sich die Hand vor den Mund.

„Nee, Harper – von dem hast du uns noch nie erzählt. Das wüsste ich!", gackerte auch Melanie, und Natalie rief: „Der Arme – *Harper*!"

„Der einzige Harper, den ich kenne, ist Harper Lee! Und der wird es ja wohl kaum sein!", scherzte Susan.

„Harper Lee war eine Frau“, bemerkte Alexandra nüchtern und kippte den schwarzen kaffee in einem Zug hinunter. „Der Schriftsteller? Nee, komm! Lebt der überhaupt noch?", rief Susan theatralisch aus und legte sich den Handrücken an die Stirn. „Bestimmt nicht. Ganz und gar unmöglich. Alle großen Schriftsteller sind schließlich schon lange tot, oder etwa nicht?"

„Mhmpf", machte Alexandra, schüttelte nur stumm den Kopf und nahm sich eine Aprikose aus der Schale– saftig und süß, einfach himmlisch.

„Und woher kommt dieser ominöse Freund?", fragte Natalie weiter.

„Aus Berlin."

„Aus Berlin?", riefen die Frauen minus Alexandra, die nicht zugeben wollte, dass auch ihr Interesse geweckt war. Harper und Berlin – das war in der Tat eine eigenartige, aber höchst interessante Mischung!

„Ja. Er hat gerade eine schwierige Phase hinter sich, oder besser gesagt: Er macht sie noch immer durch. Er will einfach mal abschalten."

„Und da kommt er zu uns, um sich zu erholen?", fragte Alexandra, zog die Augenbrauen zusammen und runzelte die Stirn. „Nach Dublin?“

„Ja, ähm ... genau! Man will es kaum für möglich halten, aber genau so ist es!", antwortete Rick und lachte ein wenig hölzern.

„Zu uns. Zum Erholen …", sinnierte Susan und blickte in den noch immer erstaunlich blauen Himmel. „Na, da wird uns schon was einfallen, was, Mädels?"

„Sieht er denn gut aus?“, gackerten die Zwillinge.

„Bitte! Bitte nicht!", keuchte Rick und schnellte zu ihnen herum. „Lasst den armen Kerl bloß in Frieden!", rief er mit panisch weit aufgerissenen Augen und hob abwehrend die Hände.

„Was denn, was denn!", verteidigte Susan sich leicht beleidigt.

„Bitte!", flehte Rick und faltete die Hände, die er vor seinem schmerzverzerrten Gesicht hin und her schüttelte. „Nicht so wie letztes Jahr, als Miguel …"

Weiter kam er nicht, denn allein der Name veranlasste die Frauen dazu, lautstarke schwelgerische Töne von sich zu geben.

„Oh la la! Aber Miguel, der war ja auch eine Nummer für sich!", seufzten alle, diesmal inklusive Alexandra, die für den portugiesischen Schöngeist wie alle anderen eine Schwäche entwickelt hatte.

„Ja, genau!", empörte Rick sich. „Der Arme wollte nur noch nach Hause, so sehr habt ihr ihn mit eurem Charme zugesetzt. Bitte", flehte er sie auf die Knie fallend an und wrang dabei die Hände in der Luft, wie eine alte Frau, die in der Kirche vor dem Altar um das Leben ihres jüngsten Sohnes fleht, „tut mir das nicht noch mal an!"

„Wovon redest du überhaupt?", fragte Melanie etwas barsch und blies sich ein paar Haare aus der Stirn.

„Wovon ich rede?", fragte Rick ungläubig zurück. „Komm, Süße! Jetzt tu doch nicht so."

„Nee, ich hab echt keine Ahnung, worauf du hinauswillst", gab sie sich weiterhin als die Unschuldige.

„Mel – ist dein Gedächtnis wirklich schon so schlecht? Muss ich mir Sorgen machen?", fragte er nun scheinbar ernsthaft besorgt, krauste die Stirn und beugte sich zu ihr vor. „Wenn ich dich erinnern darf: Zuerst habt ihr alle drei - Alexandra ist da die rühmliche Ausnahme - ihn total heiß gemacht. Der Ärmste kannte sich gar nicht mehr aus! Pausenlos seid ihr in knappen Bikinis im Haus rumgehüpft! Und dann, als er sich nicht entscheiden konnte und dachte, okay, Natalie – da habt ihr ihn alle zusammen der Reihe nach abblitzen lassen!", brauste er mit untertellergroßen Augen auf.

„Ach das!“, meinte Natalie mit einer wegwerfenden Handbewegung und lachte kurz auf. „Na, es war doch klar, dass es nicht zwei Verliererinnen im Haus geben kann. Wir haben zugunsten der anderen verzichtet, verstehst du? Es konnten ja nicht zwei andere verlieren, oder?“ Sie zog einen Mundwinkel nach oben, legte den Kopf schief und stemmte einen Arm in die Hüfte.

„Oh! Wie ritterlich von euch! Dass ich nicht lache. Ha. Ha.“

„Ach, Rick“, stöhnte nun Susan und rollte die Augen, „jetzt hab dich doch mal nicht so. So schlimm sind wir schließlich auch nicht!"

„Für ihn schon! Und für mich auch! Also, benehmt euch diesmal gefälligst, okay? Zieht euch anständig an und unterlasst alle nicht ernst gemeinten Anmachversuche! Das ist ein Punkt, den ich dringend in die Hausordnung aufnehmen sollte!“, fiel es ihm ein. Ernsthaft nickte er und verbrannte sich prompt an der heißen Würstelzange. „Na ja, egal, wie das jetzt ist, auf jeden Fall können wir nicht zum Strand fahren. Das heißt, ihr könnt fahren, aber ich bleibe hier."

„Waaas?“, kreischten die Zwillinge, deren Stimmen bereits gefährliche Höchstlagen erreichten. „Natürlich bleiben wir auch hier! Wir wollen doch unserem Gast richtig willkommen heißen!“

Susan drehte sich zu Alexandra um, legte den Zeigefinger an die Lippen und neigte den Kopf leicht zur Seite. „Was sagst du eigentlich zu dem Ganzen?“, fragte sie herausfordernd. „Du hältst dich immer so bedeckt, wenn es um Männer geht.“

„Ich? Ich freue mich natürlich auch, dass jemand in Darraghs Appartement zieht", antwortete sie ausweichend und stibitzte sich ein Brötchen aus dem Korb, der auf dem großen Gartentisch stand. Sie setzte sich, schnitt es auf und bestrich es schweigend mit Butter und Marmelade. Ein neuer Mann in ihrem Haus, überlegte sie, biss hinein und kaute nachdenklich. Wenn der mal nicht viel Unruhe stiftete! Sie kam jedoch nicht weit in ihren Überlegungen, denn schon rief Susan mit ihrer Kanarienvogelstimme: „Es hat *geläuhetet*!", und sprang auf. „Ob er das schon ist? Unser *Harper*?"

„Jetzt schon?" Rick ließ das Besteck und das halb verzehrte Würstchen fallen und rannte ihr hinterher ins Haus, um die Vordertür zu öffnen.

„Mensch, Har... per! Da bist du ja!", rief Rick über das ganze Gesicht strahlend und breitete die Arme aus, um seinen Freund in der typisch männlichen Geste auf den Rücken zu klatschen.

„Rick!", rief auch dieser Harper und tat das Gleiche. Da das Licht durch die geöffnete Tür ins Dunkle fiel, konnte keines der weiblichen Wesen besonders viel von dem Neuankömmling erkennen. Nur, dass er in etwa so groß war wie Rick, fast weißblonde Haare und eine kräftige, angenehme Stimme hatte.

Alexandra drückte sich mit dem Rücken flach an die Wand und wollte sich gerade an Susan vorbeischieben, als diese – wortwörtlich – ihren Ellbogen ausfuhr und keine drei Zentimeter vor ihr in das Mauerwerk stemmte.

Verärgert schnaubte Alexandra, begnügte sich aber damit, über die Schulter der Freundin hinweg zu spähen und zu lächeln. Huch!, dachte sie erschrocken und wich unwillentlich zurück. Der Kerl war ganz schön gut trainiert und jetzt, da sich ihre Augen an das Lichtverhältnis gewöhnt hatten, konnte sie erkennen, dass er viel zu braun war. Seine Arme waren mit verschiedenen schwarzen Mustern tätowiert; ob und was die bedeuteten, konnte sie nicht sagen, denn sie machte sich nichts aus dem Kram. Und dass er einen wirklich abstoßenden Haarschnitt trug. Lediglich in der Mitte des bleichen Schädels befanden sich weißblonde Haare, die ihm bis zum Kinn reichten. Die Seiten hatte er ungeschickt und ungleichmäßig ausrasiert. Er sah aus wie der wandelnde Tod. Wer bitte tat sich freiwillig so etwas an? Dazu trug er riesige, silberne Ohrringe, aber zumindest keinen Tunnel.

Schade, denn sie hatte gerade begonnen, sich auf den neuen Mitbewohner zu freuen. Aber so wie der aussah, hatte sie sich leider zu früh gefreut. Dass die Zwillinge und Susan da anderer Meinung waren, spürte sie an den elektrisch geladenen Luftschwingungen. Die Klamotten, die Harper anhatte, waren teuer, das sah selbst Alexandra, und wenn sie das schon erkannte, dann sah Susan bereits seinen Kontostand vor ihrem geistigen Auge aufblinken.

Was sie jedoch nicht verstand, war, wieso sich dieser eigenartige Harper und Rick so gut verstanden. Der legte nämlich den Arm um die breiten Schultern des Berliners mit südenglischem Akzent und drehte ihn zu der versammelten Frauenschar.

„Girls, darf ich vorstellen? Das ist mein Freund Harper!"

Alle nickten andächtig grinsend und hießen ihn herzlich willkommen. Nun endlich zog er seine mehrere hundert Euro teure Sonnenbrille von den Augen, sodass Alexandra erkennen konnte, wie strahlend blau sie waren. Beinahe unnatürlich blau. Sein Blick streifte ihren und für einen winzigen Augenblick schlug ihr Herz schneller. Mehr verwundert als sonst etwas drehte sie den Kopf zur Seite. Was sollte das denn bitte? Das lag am Restalkohol.

„Hi“, säuselte Natalie, knickte ein Knie ein und streckte ihm ihren langen, schlanken Arm entgegen, den sie auf

Kinnhöhe hielt. „Ich bin Natalie, und das ist meine Schwester Melanie."

„Oh, aber hallo! Zwillinge?“, fragte er und hob seine volle Stimme wie seine – perfekt geformten - Augenbrauen und spitzte die Lippen. *Erbärmlich*, dachte Alexandra. *Aber was hätte ich von ihm erwartet! Oder von Susan ...*

Denn schon drängte sich diese dazwischen, drückte ihren Busen heraus und hielt ihm nun ihrerseits die nach wie vor perfekt manikürte Hand hin. „Hallo, Harper! Willkommen bei uns. Fühl dich wie zu Hause. Ich bin übrigens Susan“, summte sie.

Alexandras Blick verschwamm. Das ging ja schon mal gar nicht gut los. Ganz eindeutig hatten alle drei einzig und allein eine Sache im Sinn.

„Sehr erfreut“, antwortete er Susan mit nun gesenkter Stimme und gesenktem Blick. Er nahm ihre Hand sanft in seine und hauchte einen Kuss darüber, ohne dass sein Mund dabei ihre Haut berührte. Diese Geste wiederholte er noch zwei Mal bei den anderen, bis er bei Alexandra ankam, die ihn mit einem bemüht-freundlich und deswegen gezwungenen Lächeln angrinste. „Alexandra", war alles, was über ihre Lippen kam. Was für ein komischer Kerl!

Erstaunt hielt er inne, kniff die Augen zusammen und zog den Oberkörper zurück. Er brauchte einen Augenblick, bis er sich fing. Eindringlich und, wie ihr schien, herausfordernd sah er sie an, als er ebenso kühl „Harper“ erwiderte und kurz, aber kräftig ihre Hand schüttelte. Heiß durchzuckte es sie, und auch dieses unwillkommene Gefühl wischte sie sofort zur Seite und schob es auf diesen deutschen Apfellikör, der ganz gewiss nicht gut für einen sein konnte. Ihre Reaktion war der eindeutige Beweis dafür!

„Dann hol doch mal deine Tasche rein", beendete Rick das Kennenlernen. „Stell sie einfach hierher, ich zeige dir später das Haus, okay? Lass uns erst mal was essen. Du hast doch sicher Hunger nach der Reise? Und Durst?"

„Oh ja, und wie. Das Essen im Flugzeug wird ja immer ungenießbarer“, seufzte Harper erleichtert.

„Cider?", „Bier?", überschlugen die drei anderen sich bereits, während Alexandra ihnen nur kopfschüttelnd in den Garten folgte.

„Einfach nur ein Wasser, bitte", erwiderte er lachend und nahm an dem langen Tisch Platz.

„Du machst also so eine Art Sabbatical?", erkundigte Melanie sich interessiert und rutschte auf die Bank ihm gegenüber. Dabei strich sie sich ihre langen, braunen Haare aus der Stirn und stützte ihr hübsches Gesicht in eine Hand.

„Ja, genau. So ist es. Ich brauche dringend eine Auszeit und wollte in Europa bleiben. Na, und dann hat Rick mir die freistehende Wohnung angeboten. Da ich schon viel von eurer sagenhaften WG gehört habe, habe ich natürlich sofort ja gesagt."

„Oh, das ist aber schön für uns!", zwitscherte Susan und reichte ihm ein Glas, das mit Minzblättern garniert war. „Und du bist aus Berlin?"

„Nein, nein. Ich war nur einige Zeit dort. Ich bin eigentlich aus ... einer kleinen Stadt in Deutschland. Mein Vater war Engländer, aus Canterbury."

„Ah, aus Canterbury! Wow!"

„Aber eigentlich war ich die letzten Jahre fast pausenlos unterwegs."

„Echt? Wie aufregend!", „Ein Digital Nomad?", fragten die Zwillinge aufgeregt durcheinander und drängten sich noch näher an ihn, während Susan sich aufs stumme Augen-Klimpern konzentrierte.

„Ja, so könnte man das wahrscheinlich auch ausdrücken."

„Wow …“

„War schon aufregend, ja. Aber was zu viel ist, ist zu viel.“

„Und da kommt dir Dublin gerade recht, nicht wahr! Nicht so groß, relativ ruhig …“

„Ganz genau. Ganz genau. Und vor allem: unglaublich nette Leute!“ Nun grinste er breit von einer zur anderen und schlug Rick mit der Hand auf die Schulter.

„Und was genau machst du so?", mischte Alexandra sich ein.

„Marketing. Werbung. Für Musiker. Hauptsächlich", haspelte er und wandte sich wieder den Zwillingen zu. „Alles online. Deswegen war ich auch so viel unterwegs.“

„Ach so. Sind da vielleicht Stars dabei, die wir auch kennen?", erkundigte Melanie sich interessiert.

„Hm … Nein. In Irland sind die nicht bekannt. Leider."

Merkwürdig, dachte Alexandra, warum wirkt er jetzt so aufgeregt? Beinahe nervös? Und mit so etwas konnte man so viel Geld verdienen? Nun gut, vielleicht hatte er einfach sehr reiche Eltern. Ein verwöhntes Söhnchen, das passte ja zu ihm.

„Kannst du selbst etwa auch ein Instrument spielen?“, erkundigte sich nun Susan mit süßer Stimme.

„Ja, schon. Ein bisschen Gitarre, Klavier, das Übliche halt.“

Das Übliche halt. Da haben wir's doch! Alexandra fühlte sich bestätigt. Er war einfach nur ein Sohn, nichts weiter.

„Spielst du uns mal was vor?“, schmeichelte Natalie und lächelte verführerisch.

„Klar, wenn ihr wollt!“ Seine Augen blitzten, doch dann wechselte er das Thema. „Und was macht ihr so?“

„Aaaaalso", begann Melanie, holte tief Luft und richtete sich auf. „Wir zwei", sie zeigte auf Natalie und sich selbst, „haben eine Bäckerei." Sie hielt die Luft an und nickte stolz. „Und zwar eine ganz außergewöhnliche.“

„Und seeehr leckere!“, warf Alexandra ein.

„Sie ist nämlich sozusagen international", fuhr Natalie fort. „Wir führen sizilianische, französische und österreichische Spezialitäten.“

„Oh, wow! Das ist … selten! Klingt super! Habt ihr auch *Genovesi*?", erkundigte er sich nach den sizilianischen Mürbteigtaschen mit süßer Füllung.

„Na klar! Mit Nutellacreme, Vanillecreme oder Ricotta. Ganz so, wie es sich gehört.“

„Mhm … Ricotta. Meine Sünde … Da muss ich unbedingt vorbeikommen.“

„Unbedingt, ja! Am besten unter der Woche, dann sind wir auch dort“, flüsterte Natalie kichernd.

„Wenn das so ist“, antwortete er und ließ sie nicht aus ihrem Blick. „Dann gleich am Montag!" Eine Weile schwiegen alle, dann schaltete sich Rick zum ersten Mal in das Gespräch ein. „Was ich mache, weißt du ja, aber unsere Susan hier ist die rechte Hand eines erfolgreichen Geschäftsmannes, nicht wahr?“, fragte er anzüglich.

„Oh!“ Errötend hustete sie. „Ja. Das trifft es wohl ziemlich genau.“

„Das ist doch toll! Sehr schön! Und was machst du?“, erkundigte Harper sich mit einem nicht klar zu deutenden Blick auf Alexandra.

„Ich bin Buchhändlerin und arbeite in einem der letzten unabhängigen Buchläden Dublins“, antwortete sie mit einer Spur Stolz in der Stimme, die so gar nicht zu ihrer üblichen Einstellung zu dem Geschäft passte.

„Oh“, staunte Harper, sagte ein oder zwei Momenten lang nichts und dann, mit belegter Stimme: „Das klingt echt toll." Er machte wieder eine Pause, ehe er hinzufügte: „Da würde ich am Montag vielleicht auch vorbeikommen, weil ich nichts mehr Ordentliches zu lesen habe."

„Gerne", erwiderte Alexandra mit ihrem Geschäftslächeln und sah sich schon mit ihm vor dem spärlich bestückten Manga-Regal stehen.

4 Harper

Harvey schob sich den Rest des Burgers in den Mund, den Rick ihm ganz frisch zubereitet hatte. „Himmlisch!“, seufzte er, schloss die Augen und lehnte sich in seinem Stuhl zurück. „So entspannt habe ich mich seit Jahren nicht gefühlt." Glücklich lächelnd verschränkte er die Arme vor seinem vollen Bauch.

„Das freut mich“, flüsterte Susan, die ihm gegenüber saß und die Augen nicht von ihm lassen konnte, was ihn ein wenig nervös machte. Sie war ja echt nett, aber ziemlich krass überstylt, doch vermutlich war er der Letzte, der sich über derartige Themen auslassen durfte, nachdem er zuerst zum Rasierer und dann zu einer Flasche *Leichen-Bleich* gegriffen hatte, mit der er die letzten Farbpigmente aus seinem einst so schönen Haar gezogen hatte. Warum hatte er sie eigentlich nicht gleich ganz abgemäht?

Stumm wanderte Susans Blick über seine Tattoos. Ja, das Styling war eine Sache, aber sie hatte noch einen anderen ganz großen Fehler: Sie himmelte ihn ganz eindeutig an.

„So lässt sich's leben", seufzte er und zog die Sonnenbrille wieder vor die Augen, um so Natalie, Melanie und Rick heimlich beobachten zu können. Die drei alberten auf dem Rasen herum und versuchten sich in erfundenen Yoga-Posen, die keiner von ihnen halten konnte und die deswegen allesamt neue Namen wie „umfallender Hund", „sterbender Krieger" und „Regengruß" erhielten.

Alexandra hatte sich auf eine der gemütlichen Sonnenliegen verzogen und hinter einem Buch verschanzt. Ihre helle Haut leuchtete im Kontrast zu dem grünen Bikini. Auch wenn ihre schlanke Figur von bestimmt doppelt so viel Stoff verhüllt wurde wie es bei den Zwillingen der Fall war, so beflügelte gerade das seine Fantasie. Das, und die Tatsache, dass sie ihn so offensichtlich wie hartnäckig ignorierte. Aber warum? Was hatte er ihr getan? Sie kannten sich doch noch gar nicht!

„Harvey, Mann!“, rief da Rick und verbesserte sich sofort: „Ich meine, Harper!“

Harvey-Harpers Blut gefror zu Eiswürfeln. Er hatte ihn am Telefon doch extra gebrieft: neuer Name, neuer Job, etc.! Zum Glück reagierte er blitzschnell: „Hey! Rick?

Alles klar bei dir oder setzt die geistige Verwirrung schon in so jungen Jahren bei dir ein?“ Harpers Lachen klang nervös und blechern. „So nennt mich doch schon lange niemand mehr!“ Natürlich war ihm bewusst, dass er in Irland völlig unbekannt war, aber wenn sein guter Freund mit den Namen durcheinander kam, würde das gewiss Misstrauen erwecken. Und wer wusste, was daraus folgen konnte!

„Ja, ja …“ Verlegen sah Rick zu Boden und kratzte sich am Kopf. „Sorry. Es ist halt einfach so drin.“

Aus dem Augenwinkel bekam Harvey mit, dass Alexandra ihr Buch sinken ließ und ihn argwöhnisch anschaute, aber nichts sagte. Zum Glück schienen die anderen nichts bemerkt zu haben, nicht einmal Susan, die gerade auf ihrem Handy herum tippte und die Stöpsel im Ohr hatte.

„Na, Kumpel, rutsch mal“, forderte Rick ihn auf und setzte sich schwungvoll neben ihn. Susan stand auf und verschwand im Haus, um *für kleine Mädchen* zu gehen.

„Du siehst total krass aus mit den hellen Haaren und den blauen Linsen!“, murmelte Rick ihm zu und gab ihm einen Rempler mit dem Ellbogen.

„Ich weiß. Fürchterlich. Ich finde mich selbst zum Kotzen. Besonders die schief ausrasierten Seiten. Aber was tut man nicht alles, um unerkannt aus Berlin rauszukommen!“

„Naja, so wie du jetzt aussiehst, erkennt dich so schnell bestimmt keiner. Aber hier kennt dich, glaube ich, ohnehin wirklich niemand. Also, mach dir mal keine Sorgen, Harvey-Harper, bei uns bist du in Sicherheit!“

„Danke. Auch, dass du mich so problemlos aufgenommen hast. Ich brauche echt Ruhe. Nicht nur wegen des Skandals, der für mich ja gar keiner wäre. Ich meine, es juckt mich echt nicht, wer mit wem ins Bett geht, ob Mann oder Frau. Nee, ich meine eine Auszeit von dem ganzen Rummel. Ich sag dir, das geht mir echt tierisch auf den Sack!“, stöhnte er und fuhr sich mit den Händen durch das, was von seinem Haar noch übrig war. „Dieses ganze Gedöns und die albernen Liedchen!“

„Mein Beileid hast du, das muss echt übel sein. Ist bei meinem Dad ja schon schlimm genug. Meine halbe Kindheit habe ich in einer Art Belagerungszustand verbracht, weil vor der Gartenmauer scharenweise Touristinnen campierten. „Und der hat immerhin ernst zu nehmende Sachen gemacht. Aber ich weiß, was du meinst.

Heutzutage ist es ja noch schlimmer als früher. Da hat man echt null Privatsphäre, alles kommt sofort ins Netz …"

„Da sagst du was Wahres! Ich kann nicht mehr, echt. Ich will *richtige* Musik machen, nicht Blechdosen-Schrott."

„Ach, komm, so schlecht ist das doch auch nicht!“, versuchte Rick, ihn zu trösten.

„Nett, dass du das sagst. Aber würdest du das Zeug freiwillig hören? Das ganze ‚ich werde dich für immer und ewig lieben … bis mein Herz aufhört zu *schlahahagen*?‘“

„Nun ja ...“, wich Rick gedehnt aus und lehnte sich zur Seite. „Ich jetzt vielleicht nicht gerade.“

„Siehst du.“

„Aber du bist damit steinreich geworden!“

„Geld ist nicht alles, das weißt du auch.“

Daraufhin konnte Rick nur zustimmend die Schultern heben.

Nach einer Weile fuhr Harper fort: „Ich überlege schon länger, mein eigenes Label zu gründen.“

„Im Ernst? Cool! Einfach wird es sicher nicht, aber nichts ist unmöglich, und mein Dad hilft dir bestimmt gerne! Der sagt ja immer, dass du viel zu viel Talent für den Boy-Star hast!“

„Echt? Wow! Das“, er schluckte ergriffen, „das rührt mich jetzt aber echt.“

Schweigend sahen die beiden Freunde einander an und nickten sich bekräftigend zu. „Schon gut“, murmelte Rick dann.

„Und deine Mädels scheinen ja auch echt nett zu sein“, wechselte Harper das Thema.

„Nett? Klar. Sonst wären sie ja nicht meine Freundinnen. Aber sie sind zurzeit ständig auf der Suche. Es ist kaum noch auszuhalten mit ihnen! Nimm dich also lieber in Acht.“

„In Acht nehmen?“ Harper lachte, runzelte die Stirn und schaute seinen Freund an, als wäre er nicht ganz dicht.

„Ich meine, damit hier kein Kleinkrieg aus Eifersucht ausbricht. Das könnte ich nämlich gar nicht gebrauchen.“

Fragend sah Harper ihn an, bevor er langsam sagte: „Nee, schon klar. Ich lass die Finger von ihnen.“

„Auch wenn es dir schwerfallen sollte“, seufzte Rick gespielt genervt und schielte zu den Zwillingen. Melanie bespritzte Natalie gerade mit dem Gartenschlauch, woraufhin Natalie zur Colaflasche lief, um ihr den Inhalt über den Kopf zu gießen. „Das ist es, was mich so tierisch an dem Hühnerhaufen nervt. Dieses ständige Sich-Inszenieren."

„Machen sie das auch, wenn du mit ihnen allein bist?"

„Das bin ich fast nie, aber dann nicht, nein. Bei Darragh und mir ist es nicht mehr so schlimm. Aber als letztens Miguel aus Portugal hier war, da wäre ich fast auszogen!"

„Aber die Leseratte scheint da ein wenig aus der Reihe zu tanzen, oder nicht?", meinte Harper und zeigte mit dem Kinn auf Alexandra.

„Alex? Ja. Die ist anders. Manche nennen sie die Ice-Queen, aber für mich steht sie über dem Ganzen. Hatte bislang kein gutes Händchen mit den Männern."

„Oh, die Arme. Aber warum Ice Queen? Kommt keiner an sie ran, oder was?"

„Nope. No chance."

„Aaaah!", war alles, was Harper dazu sagte, bevor er mit einem Ruck aufstand und zu Alexandra schlenderte. „Na? Was liest du denn da? Ist es gut?", erkundigte er sich und zeigte auf das Buch.

Sie ließ das Buch sinken, neigte den Kopf zur Seite und schaute ihn zweifelnd an. Der Blick gefiel ihm nicht, stachelte ihn aber nur noch mehr an. Ihre Augen leuchteten und blitzten grün.

„Kundera“, gab sie einsilbig zurück und hielt das Buch hoch, damit er das Titelbild sehen konnte.

„Ah! *Das Buch vom Lachen und Vergessen.* Das habe ich noch nicht gelesen“, antwortete er ehrlich, aber interessiert. „Und wie ist es so?"

„Ziemlich gut“, antwortete sie knapp, schwang die Beine auf die Seite der Liege und wollte aufstehen. Aus einer Selbstverständlichkeit heraus reichte er ihr die Hand, die sie zu seiner Verwunderung nahm; vermutlich einem Reflex folgend. Wie feingliedrig ihre Finger waren, wie leicht ihre Berührung! Geschmeidig stand sie auf und streifte sich ihr langes, türkis-dunkelblaues Sommerkleid über. Unweigerlich atmete er scharf ein. Wann hatte er jemals diese Reaktion gezeigt, wenn sich eine Frau anzog?

„Rick, ich gehe mal eine Runde spazieren. Mir ist das ganze Herumliegen zu fad. Wir hätten echt an den Strand fahren sollen“, verkündete sie ohne Harper eines müden Blickes zu würdigen und hob ihre Sachen von der Liege auf.

„Macht's dir was aus, wenn ich mitkomme?“, fragte Harper ohne zu denken.

Entsetzlich langsam drehte sie den Kopf zu ihm und sah ihn eine Weile mit verengten Augen an. „Ich gehe ziemlich schnell."

„Na, so ein Glück! Dann kannst du ja mit mir mithalten!", antwortete er schlagfertig und grinste sie breit an, woraufhin sie den Blick abwandte und schnaubte.

„Okay. Ich ziehe mir schnell etwas anderes an. Bis gleich, wieder hier", meinte sie und war schon im Haus verschwunden.

„Hey, Kumpel, weißt du überhaupt, worauf du dich da einlässt?" fragte Rick mit leiser Stimme und legte ihm einen Arm um die Schultern.

„Klar. So sehe ich gleich ein bisschen was von Dublin!"

„Hoffentlich willst du danach nicht gleich wieder weg!", feixte Rick und boxte ihm gegen den Oberarm. „Sie meint es nicht so. Manchmal denke ich, dass sie einfach unsicher ist. Also, denk dir nix bei ihren rauen Sprüchen, sie ist echt eine Liebe."

„Aha, na, dann ist es ja gut. Danke für den Tipp."

„Und wohin gehen wir jetzt?“, wollte Harvey wissen, nachdem er Alexandra durch die große Haustür auf den Gehweg gefolgt war. Sie hatte ein langes, weiß-oranges Sommerkleid angezogen, dessen weite Ärmel an den Schultern Schlitze hatte. Aus einem unerfindlichen Grund fand er genau das unwiderstehlich sexy.

Abrupt bliebt sie stehen und sah ihn erneut durchdringend an. „Hm. Einfach nur zu Stephen's Green vielleicht?“

„Ein Park? Klingt gut, klar“, willigte er ein und wollte sie noch anlächeln, doch da hatte sie sich schon wieder umgedreht und ging weiter.

Er kannte Dublin überhaupt nicht; für ihn war alles neu. Noch dazu schien die ganze Stadt auf den Beinen zu sein, um die selten gesehene Sonne zu feiern. Die Leute machten Fotos, schleckten bunte Eiscreme und lachten viel. Straßenmusiker spielten melodische Lieder und schon bald summte Harper leise mit. Dublin erschien ihm wie das schönste Foto eines Reisekatalogs. Dass er wie ein zahmer Hund einer Frau folgte, deren lange Haare in der leichten Brise flatterten und bei jedem ihrer kräftigen Schritte leicht in die Höhe hüpften, störte ihn nicht. Im Gegenteil, er fand es zur Abwechslung mal ganz nett, sich von einer Frau buchstäblich sagen zu lassen, wo es lang ging. Ihr Stupsnäschen, das er gerade natürlich nicht sah, war richtig süß, und wenn sie sich unbeobachtet fühlte, wurden auch ihre Züge weicher. Vielleicht hatte sie echt nur Angst oder war sehr schüchtern, dachte er. Zielstrebig schlängelte sie sich durch die Menschenmassen und bog schließlich in eine kleine Gasse ein, in der sie nebeneinander gehen konnten. Völlig unvermittelt drehte sie sich zu ihm und wollte von ihm wissen: „So, und jetzt sag mal: Was ist eigentlich wirklich mit dir los?“

Er erstickte beinahe an seinem Atem, so sehr erschreckten ihn ihre Worte.

„Wie? Was meinst du?“, stotterte er keuchend und hustete, was gar nicht zu seinem Plan passte, cool und lässig zu sein.

„Ich will wissen, was du hier machst. Was du echt tust“, erläuterte sie mit einem undefinierbaren Lächeln.

„Was soll die Frage denn?“, konterte er ziemlich lahm. Sie ging jetzt so schnell, dass er sie denken lassen konnte, er wäre nur schlecht in Form. „Ich hab euch doch gesagt, was ich mache!“

„Na, ich will einfach nur gerne die Wahrheit wissen. Du bist aus dem Nichts hier aufgetaucht. Rick ist total nervös. Ihr zwei tuschelt die ganze Zeit, und du tust alles, damit wir dich mögen.“

„Damit …" Verblüfft und ein wenig verärgert hielt er inne. Dann lachte er, wie er es seit dem Medientraining immer tat, wenn er seine wahren Gefühle nicht zeigen wollte. „Wie kommst du denn darauf? Hast du, als alter Bücherwurm, vielleicht als Kind zu viele Miss Marple-Geschichten gelesen?“, versuchte er es auf die charmante Art und zwinkerte ihr zu. Um sich vor weiteren Angriffen zu schützen, verschränkte er die Arme vor der Brust, während Alexandra angriffslustig das Kinn hob, wobei ihre grünen Augen blitzten. „Ich tue nicht alles, damit ihr mich mögt. Ich bin einfach so.“

Lange sah sie ihn schweigend an, dann nickte sie stumm und ging weiter.

Auch wenn Harper zurzeit nicht viel wusste, so konnte er zumindest mit Sicherheit sagen, dass die letzten 24 Stunden zu den ereignisreichsten seines nicht gerade langweiligen Lebens gehörten und dass er einer Person wie Alexandra Murphy selten begegnete.

5 Alexandra

Zielstrebig führte Alexandra Harper durch die belebten Straßen der Innenstadt, direkt zu dem großzügig angelegten Park Stephen's Green.

Sie legte einen Zahn zu, lief beinahe und wartete noch immer auf eine Reaktion von Harper, dessen Nachnamen sie noch immer nicht kannte. Doch er tat so, als verstünde er nicht, worauf sie hinaus wollte und warf ein paar Münzen in die Hüte von Straßenmusikanten. Sie musste zugeben, dass diese Geste sie verwirrte, denn er sah weder sehr empathisch noch besonders sozial eingestellt aus. Sie drehte sich halb zu ihm um, und musste feststellen, dass er den Text von „Still haven't found what I'm looking for" leise mitsang. Ausgerechnet! Er sah glücklich aus, irgendwie – nicht mehr so oberflächlich wie vorhin.

Vielleicht lag dieser Eindruck aber auch an dem Baseball Cap, das er sich übergezogen hatte und das seine weißblonden Haare verdeckte. So wirkte er zumindest ein wenig ernsthafter und erwachsener, und nicht zum ersten Mal in ihrem Leben überlegte Alexandra, dass sie möglicherweise dazu neigte, vorschnell Urteile aufgrund des Aussehens eines Menschen zu fällen.

„Da sind wir auch schon!“, sagte sie mehr gemurmelt als gut gelaunt vor einem der großen Tore, die in den Park führten.

„Wow …“, staunte Harper und sah sich interessiert um. Dann folgte er ihr erneut in hohem Tempo, doch mit dem Verlassen der Straßen hatten sich ihre Schritte verlangsamt und so ging er nun neben statt hinter ihr. Ganz automatisch passte sie sich der Ruhe und dem entschleunigten Tempo an, das den Zauber des großen Parks ausmachte. Unter den alten, knorrigen Bäumen erstreckten sich Blumenbeete und Grünflächen, auf denen heute Jung und Alt in der Sonne lagen, lasen, Musik hörten, Ball, Frisbee oder Badminton spielten oder sich einfach verliebt in die Augen schauten. Und dergleichen mehr …

„Ist das schön ruhig hier … Wahnsinn! Und so ordentlich! Unglaublich!“

„Ja, es ist wirklich toll, nicht wahr? Wie ein Kurzurlaub!“, rief sie begeistert. Zum ersten Mal, seitdem sie ihn kannte, wurde ihr Herz ein wenig weit und warm, wenn sie mit ihm sprach. Vorsichtig lächelte sie ihn an und führte ihn zum Ufer einer der beiden Seen.

„Dein Leben ist wirklich total idyllisch“, sprach er da in die gemütliche Stille hinein, die sich zwischen ihnen gerade ausgebreitet hatte.

Verwirrt verzog sie das Gesicht und schaute ihn zweifelnd an. „Idyllisch?“

„Ja, idyllisch. Du wohnst mit deinen Freunden zusammen in einem fantastischen Haus, aber nicht in einer verlotterten WG, sondern schön in deiner eigenen Wohnung und das wenige Minuten zu Fuß von diesem herrlichen Park entfernt! Du arbeitest in einem Buchladen …“ Er ließ den Satz unvollendet und lächelte stattdessen nur verträumt. Sein Lächeln war ansteckend und auch Alexandras Mundwinkel hoben sich. Nach wenigen Metern blieb sie stehen und schaute ihn nachdenklich an.

„Ja, vielleicht ist es das wirklich. Für andere mag es langweilig sein … aber ich fühle mich pudelwohl so.“

Seine Augen weiteten sich, aber etwas befremdete sie daran. Es war dieses intensive Blau, das so unnatürlich an ihm wirkte.

„Langweilig?“, wiederholte er. „Willst du mich auf den Arm nehmen? Ich kenne x Leute, die für dein Leben alles tun würden! Und wenn ich *alles* sage, meine ich alles!“ Ernst und gleichzeitig ungläubig betrachtete er sie.

Verwirrt und aufgewühlt atmete sie scharf ein. Idyllisch? Nicht langweilig? Das alles passte nicht zu dem Bild, das sie sich von ihm gemacht hatte. Es war wohl wirklich an der Zeit, einige Vorurteile über Bord zu werfen und unter die verkappte Frisur zu schauen.

„Das überrascht mich. Ich meine, das hätte ich nicht von dir erwartet“, gab sie schließlich offen zu und atmete aus.

„Naja, das ist es wohl auch nicht für die jungen Leute, dic die Karriereleiter im Eiltempo nach oben klettern wollen. Also für die, für die nur Geld, Ansehen, Partys und Job zählen. Oder, was meinst du?“

"N… nein?", stotterte sie nun völlig fassungslos. Er sah doch ganz so aus, als würde er genau zu dieser Gruppe gehören, hätte aber keinen Plan, wie er es anstellen sollte.

„Hm? Wie? Etwa nicht?“, verwirrt sah er sie an, denn ihre Frage ergab keinen Sinn, wie ihr bewusst wurde.

„Willst du das etwa?“, fragte er und setzte sich auf die Bank, neben der sie stand und die soeben frei geworden war.

„Nein. Ich meine, ein paar Dinge vielleicht. Später mal. Aber nicht jetzt. Ich bin zufrieden mit dem, was ich habe.“

„*Zufrieden*? Ich habe schon lange nicht mehr gehört, dass jemand das Wort benutzt hat. *Zufrieden*", wiederholte er und behielt das Wort wie einen süßen Likör eine Weile in seinem Mund.

„Bist du denn nicht mit deinem Leben in Berlin, oder auf der ganzen Welt, zufrieden?“, fragte sie neugierig, aber leise, denn sie wollte den Zauber, der sich über sie gelegt hatte, nicht zerstörten.

„Bedauerlicherweise nicht. Nicht im Moment, nein“, gestand er und ließ die Schultern hängen. „Aber ich habe vor, das hier zu ändern!“

„Was würdest du denn gerne ändern? Oder gerne anders machen? Außer Marketing für Stars, meine ich. Wärst du selbst gerne berühmt? Mit Musik?“, fragte sie und bemerkte, wie zuerst ein Schatten, aber dann gleißendes Licht über sein an sich sehr schönes Gesicht glitt. Seine

Nase war gerade und ebenso wie seine breiten Wangenknochen wirkte sie wie gemeißelt. Seine Lippen waren voll und schienen sehr weich … aber, Himmel! Woran dachte sie da denn nur! Sein unerwartet helles Lachen riss sie aus ihren idiotischen Gedanken. Er öffnete gerade den Mund, um etwas zu sagen, als eine unerfreulicherweise nur allzu bekannte Stimme sie hochschrecken ließ.

„Alexandra?“

„Brian!“, brach der Name wie ein panisches Keuchen aus ihrem Mund. Brian. Ihr Exfreund! Verflixt! Warum war Dublin nur so ein dummes Dorf! Warum um alles in der Welt musste sie ihn gerade jetzt treffen? Und warum war ihr in all den Jahren nie aufgefallen, wie hässlich er war? War er immer schon so heruntergekommen herumgelaufen? Seine roten Locken fielen lang und strähnig in sein spitzes Gesicht. Seine Augen lagen tief in den Höhlen und seine mit orangen Muttermalen übersäte Haut wirkte darunter ungesund weiß. Doch das Übelste an seinem Erscheinungsbild war nicht einmal die für das Wetter viel zu warmen Second-Hand-Kleider aus den 70ern, sondern der Ziegenbart. In Orangerot! Wahrscheinlich hielt er das für den angemessenen Look eines Poeten, denn als solchen bezeichnete er sich nicht erst, seitdem vor Kurzem sein erster Gedichtband veröffentlicht worden war. Von der Veröffentlichung hatte sie über mehrere Ecken erfahren, nicht, dass sie seit ihrer Trennung vor einem halben Jahr noch Kontakt gehegt hätten. Nein, so abgefuckt hatte er in der Zeit mit ihr nicht ausgesehen. Kein Bart und keine fettigen Haare, und ein gesünderer Teint, da war sie sich sicher. Zumindest wollte sie sich sicher sein.

„Oh, Brian, hallo“, stotterte sie und wünschte wahlweise ihn oder sich ganz weit weg. Stocksteif stand sie da und ballte unbewusst die Fäuste. Sie erschrak so sehr, dass sie kurz vergaß, dass Harper neben ihr stand. Denn da war noch eine vierte Person. Eine zierliche, weibliche. Und diese hielt Brian an der Hand. Und es war die Frau, mit der er sie Monate lang betrogen hatte, diese elende … Made! Dieser Wurm! Mehr war er nicht. Staub. Dreck, auf den sie trat. Nichts weiter!

„Wie geht's dir denn immer so?“, erkundigte er sich und straffte die knochigen Schultern.

„Sehr gut, wirklich sehr gut, danke“, antwortete sie vielleicht ein wenig zu überschwänglich und grinste so breit sie konnte. Wut, Fassungslosigkeit und Frust rangen in ihr um die Oberhand.

„Das hier ist übrigens Gemma. Ich glaube, ihr kennt euch noch nicht“, stellte er seine Neue mit seiner hohen, viel zu dünnen Stimme vor, die, besonders im Vergleich zu der von Harper, wie ein rostiges Blech klang.

Gemma zog nun ihrerseits die Schultern hoch und gab sich betont gelangweilt. Ja, sie gähnte sogar in ihren Handrücken, und das nur wenige Sekunden, bevor sie Alexandra genau diese Hand reichte! Alexandra ekelte sich plötzlich abgrundtief und wünschte, sie wäre cool genug, um auf alle gesellschaftlichen Konventionen zu pfeifen. Doch das war sie nicht. Leider.

Neugierig beäugte sie Gemma. Sie hatte ihre schulterlangen Haare - ganz offensichtlich selbst - blau, türkis und grün gefärbt. Offensichtlich selbst deswegen, weil dazwischen immer wieder ungefärbte Stellen oder solche, die die Farbe nicht richtig angenommen hatten, hervorschauten und weil diese Farbkombination überhaupt nicht zu ihrem Typ passte. Null, nada, gar nicht!. Ihre Haut war nämlich noch heller als die von Alexandras Ex, nur ohne die orangen Flecken dazwischen. Offensichtlich wollten sie klar und deutlich zur Schau stellen, dass sie *in der Dunkelheit* lebte, wie Brian immer betont hatte. Oder unter Wasser, als Leiche. Definitiv war die Haarfarbe die übelste, die sie sich zu ihrem Hauttyp hatte wählen können.

Kaum zu glauben, dass der Kerl sie, Alexandra, gegen so eine eingetauscht hatte! Was aber noch viel weniger zu glauben war, war die Tatsache, dass sie wegen dieses Lumpen Rotz und Wasser geheult hatte! Und das nicht nur einen Tag, sondern mehr als einen Monat lang! Kaum. Zu. Glauben.

„Oh, doch. Ich kenne dich schon“, korrigierte sie Brian ein wenig herablassend. „Ich habe dich bei dem Poetry Slam in Maiden Head gesehen.“ Nun leuchteten Gemmas Augen stolz auf, und sie lächelte. Auch Brian lächelte und zog seine Freundin fester an sich.

„Gemma ist ein echt großes Talent“, erklärte er stolz und gab ihr einen Kuss auf die Wange. Eine im Grunde überhebliche Geste, an die Alexandra sich nur allzu gut erinnerte.

„Und gibt's bei dir was Neues? Arbeitest du noch immer in dem Buchladen?“, fragte er nun.

Warum nur verschlug es ihr plötzlich die Sprache? Alles, was sie tun konnte, war, stumm zu nicken und auf ihre Füße zu schauen. Das klang so – bemitleidenswert. Als ob sie in seinen Augen eine Versagerin wäre! Und wer weiß – vielleicht war sie das ja auch, weil sie sich mit dem, was sie hatte, zufrieden gab und nicht danach strebte, die angesehenste Poetin des 21. Jahrhunderts zu werden?

Wie aus dem Nichts meldete sich da ihr neuer Mitbewohner zu Wort.

„Hi, ihr zwei. Ich bin übrigens Harper!“, grüßte er freundlich und doch lässig. Dabei streckte er seine Hand zuerst Gemma, dann Brian entgegen. Zu ihrer Überraschung, aber auch zu ihrer Genugtuung, stellte sie fest, dass Gemma etwas errötete und ziemlich dämlich grinste, als Harper ihre Hand nahm.

„Bist du … seid ihr?“, stammelte Brian fassungslos, und Harper nickte mit einem breiten, stolzen Grinsen, bevor Brian seine Frage fertig formulieren konnte.

„Ja, wir wohnen zusammen. Ich bin heute eingezogen!“

Alexandra hätte beinahe losgeprustet, doch natürlich tat sie das nicht. Schließlich sah sie den Schrecken in Brians und die Enttäuschung in Gemmas Gesicht und das war die reinste Genugtuung!

Natürlich wollte sie sich die nicht ruinieren.

„Ich – ach so ist das - ich verstehe“, murmelte Brian, und Gemma platzte heraus: „Du bist aber nicht von hier, oder?“

„Nein. Ich bin aus Berlin.“

„Aus Berlin! Du klingst aber gar nicht deutsch.“

„Ich bin weit rumgekommen und mein Vater ist Engländer“, erklärte er mit einem sanften Lächeln und nahm Alexandras Hand. „Das färbt ab.“

„Aha“, machten die beiden Dichter und schielten unschlüssig von Alex zu Harper und zurück.

„Also, Alex …“, versuchte Brian dann, ihre Aufmerksamkeit zurückzugewinnen. Harpers Finger drückten ihre fester, und sie spürte, dass sich auch seine Muskeln anspannten. „Immer noch im Buchladen, ja?“

Bevor sie antwortete, räusperte sie sich und nutzte die so gewonnenen Momente, um sich die richtigen Worte zu überlegen. Auch wenn Harper stolz ihre Hand hielt, so schämte sie sich dennoch für ihren Mangel an Intellekt und Erfolgshunger. Denn genau das hatte Brian ihr an dem Tag, bevor sie alles über ihn und Gemma herausgefunden hatte, vorgeworfen: Antriebslosigkeit und Stumpfsinn. *Zufrieden mit nichts* waren seine Worte gewesen.

„Hast du es ihm denn noch gar nicht gesagt?“, fragte Harper mit leiser, schmeichelnder Stimme, die laut genug war, damit Brian und Gemma ihn hören konnten. Alexandra wiederum konnte genau hören, wie die beiden die Luft einzogen. „Komm, sei doch nicht immer so schüchtern, erzähl es ihnen ruhig!“, lockte er sie, aber sie verstand nur Bahnhof und schaute ihn aus großen Augen an. Was meinte er denn nur? Doch nun war Brian dümmer als sie, denn er tappte in die Falle, indem er wie hypnotisiert fragte: „Was? Was sollst du mir sagen?“ Dabei ließ er die Hand seiner Freundin los, was Gemma gar nicht zu gefallen schien.

„Ah, jetzt ist es ihr wieder peinlich. Ach, Alex, du und deine falsche Bescheidenheit!“, übernahm Harper das Ruder, und sie verstand noch immer nicht, worauf er hinauswollte.

Vertrauen, dachte sie mit aufsteigender Nervosität, *ich sollte ihm einfach vertrauen! Er weiß, was er will.*

Gemma kicherte albern, aber Brian blieb stocksteif stehen.

„Was ist es denn? Was Großes?“, brachte er schließlich beinahe atemlos hervor.

Ganz deutlich zeigte sich seine Panik, dass sie ihn in dem Rennen um *das Große* geschlagen haben könnte. Das war es! Er hatte immer Angst gehabt und hatte sie auch jetzt noch, sie könnte mit ihm gleichziehen oder schlimmer noch, ihn überholen. So konnte er sie genau deswegen fertigmachen und sich ihr wunderbar überlegen fühlen. So lange Gemma nur beim Poetry Slam gut war, war das kein Problem, denn da konnte er sich als der große Förderer aufspielen und sich dabei noch besser fühlen. Aber wehe, wenn sie ihn eines Tage überflügeln oder, Gott bewahre, ebenfalls veröffentlichen sollte!

Harper ließ nun ebenfalls ihre Hand los, nahm seine Sonnenbrille ab und grinste Alexandra breit an. Dann legte er ihr einen Arm um die Schultern und zog sie fest an sich. So, wie Männer es tun, wenn sie zeigen wollen, dass sie stolz auf die Frau sind, die sie noch dazu richtig gern haben.

„Ach, er meint nur meine Pläne mit meinem eigenen Verlag. Du weißt doch, dass ich schon lange einen gründen will", hörte sie sich selbst voller Selbstbewusstsein sagen und warf den Kopf stolz in den Nacken. Und da war er – der Rausch des Triumphs, als sie den Schrecken und Schmerz in Brians Gesicht erkannte. Es war, als hätte sie ihm ein Messer in die Flanke gestoßen und es ganz leicht umgedreht.

„Ach, echt?", wrang er sich mit dünner Stimme und unruhigem Blick ab. „Tust du es jetzt endlich?" Erst eine Sekunde später zog er spöttisch eine Augenbraue hoch.

„Ach ja, mal schauen. Klein anfangen, du weißt schon, das schadet nie“, wiegelte sie ab, denn schließlich war alles erfunden und lügen lag ihr nicht besonders.

„Schön … Das ist gut“, krächzte er. „Ja, ja. Echt ...“

„Hey, wir müssen langsam weiter, Liebling, wenn wir nicht zu spät zu unserer Reservierung kommen wollen“, fiel Harper ihm mit seiner melodischen, vollen Stimme ins Wort ab.

„Stimmt! Also, hat mich gefreut, bis bald!“, verabschiedete Alexandra sich und winkte den beiden zu, während Harper sie von dem entsetzt und ungläubig drein starrenden Paar wegzog.

„War mir ein Vergnügen“, flüsterte er übermütig kichernd in ihr Ohr, als er sie, bestimmt nur der Show wegen, kurz dicht an sich zog und sie schon meinte, er würde ihr ebenfalls einen Kuss auf die Wange geben. Auch sie kicherte, genoss den Augenblick, erschrak dann aber darüber und wollte sich losmachen, doch er hielt sie auf: „Sie schauen uns immer noch an“, murmelte er und legte seine Arme um sie. Für einen Moment stand die Zeit still, und sie fühlte sich wohl und geborgen, absolut sicher und am richtigen Ort. Er roch gut und er fühlte sich wunderbar an … aber. Aber!

„Himmel!“, schrie sie unterdrückt gegen seine Brust auf und drückte sich weg. „Ich kann nicht glauben, dass ich die gerade angelogen habe! Ich lüge nie! Nie!“

„Nein? Nicht? Du hast es echt toll gemacht. Sehr überzeugend!“ Ausgelassen zwinkerte er ihr zu und grinste sie an.

„Aber ich habe sie angelogen!“ Hilflos und mit aufkeimender Wut starrte sie ihn an.

„Nein, das hast du nicht!“, beteuerte er, und in seinen Augen tanzte der Schelm.

„Doch! Das habe ich sehr wohl! Ich habe doch gar keine echten Pläne, einen Verlag zu gründen! Wenn rauskommt, dass es nicht stimmt … oder nix wird …“

„Hm, Alex, kann es sein, dass der Plan dein Wunschtraum ist? Ich habe fast den Eindruck, als wäre Letzteres deine wahre Sorge. Für mich klang es sehr wohl danach, als hättest du vor, einen Verlag zu gründen!" Ernst sah er sie an, hob seine Hände auf die Höhe ihrer Schultern, ließ sie dann aber wieder sinken. „Oder nicht? Würdest du das nicht gerne?“

„Ich ... doch, schon, aber … das ist einfach abwegig! Wie soll ich denn bitte einen Verlag aufbauen!“ Sie drehte sich um und schüttelte den Kopf.

„Ach, warte doch mal ab! Wer weiß denn schon, was da noch alles kommt! Und du hast ja nicht gesagt, dass du schon Verträge unterschrieben hast, sondern nur *Pläne* dafür hast!“ Er grinste keck mit funkelnden Augen und lachte kehlig.

„Du bist ja echt ganz schön gerissen, Harper!“, stellte sie fest und sah ihn aus großen Augen an.

„Oh, ja, das sagt man mir nach. Aber im Ernst: Es ist doch sein Problem, wenn er dich falsch versteht, oder? Das zeigt doch nur, was er denkt und wovor er Angst hat! Und das kann dir doch egal sein!“

„Ist es aber nicht!“, fauchte sie leise. „Mir ist es im Gegensatz zu dir nicht egal, was die Leute von mir denken!“, schimpfte sie. Es gefiel ihr nicht, wie niederträchtig sie sich bei Brians Reaktion gefühlt hatte. Das war nicht richtig.

Wütend stapfte sie voraus, doch Harper holte sie ein und sagte mit leiser, verständnisvoller Stimme: „Das ist wohl dein Problem, Alexandra. Ich habe es dir angesehen, wie wichtig dir seine Meinung ist. Aber willst du ihn glücklich machen oder dich selbst?“

Genervt schnaubte sie und schaute von ihm weg, doch er ließ sich nicht abschütteln. „Seine Meinung bringt dir doch nichts. Du kannst es nie allen recht machen. Du …“

Es war ihr egal, was er noch sagen wollte. Ganz tief drin wusste sie, dass er recht hatte, und dass das, was noch kommen würde, sie zu sehr zum Nachdenken zwingen würde. Deswegen wollte sie es nicht hören.

„Du musst dir selber mehr wert sein und drüber stehen“, sagte er da auch schon.

Wortlos starrte sie ihn an und hasste sich schon, noch während sie sprach, für ihre Worte. „Ich bin mir sicher, du findest den Weg allein nach Hause, *Harper*!“

6 Harper

In den folgenden Tagen richtete Harper sich im *House of Friends*, wie er es nannte, gemütlich ein. Da die Wohnung ja voll eingerichtet war, brauchte er nur wenige Dinge, wie einen Rasierapparat, ein paar Klamotten, ein großes Kuschelkissen und eine dazu passende Decke etc. Natürlich war die Zwei-Zimmer-Wohnung wesentlich kleiner als das, woran er sich in Berlin Prenzlauer Berg in den letzten Jahren gewöhnt hatte, trotzdem war er Lichtjahre davon entfernt, zu klagen. Denn was er hier hatte, war neben Anonymität eine längst vergessene Art von Freiheit. Noch dazu war er von freundlichen und gut gelaunten Menschen im gleichen Alter umgeben, die nicht wussten, womit er sein Geld verdiente, die keine Ansprüche an ihn stellten und ihn in keine vorgefertigte Schublade steckten. Gut, bis auf Alexandra vielleicht, aber die war ohnehin ein Kapitel für sich.

Die Abwesenheit von Paparazzi und Fans, die sein Haus oder Hotel umlagerten, war Gold wert. Auch der Anblick der häufig sehr spärlich bekleideten Zwillinge und Susan erfreute sein männliches Gemüt immer wieder aufs Neue, während die meistens sehr zugeknöpfte Buchhändlerin ihn immer wieder aufs Neue vor Rätsel stellte. So hatte alles seinen Reiz.

Es war nun schon drei Tage her, dass er sich die Haare so dämlich - das musste er selbst zugeben - gefärbt und rasiert hatte. Bald würde der dunkle Ansatz zum Vorschein kommen, und was dann? Nachbleichen? Auf gar keinen Fall! Da er sich selbst wie ein Dachs, nur ohne Schwarz, dafür aber mit verrutschtem Mittelstreifen vorkam, hatte er beschlossen, sein Baseball Cap nur noch zum Schlafen und Duschen abzunehmen.

Seit dem Spaziergang hatte er mit Alexandra nur die notwendigsten Höflichkeitsfloskeln wie „Guten Morgen" und „Gute Nacht" ausgetauscht, und er fragte sich, was um alles in der Welt er so falsch gemacht haben könnte. Hatte sie tatsächlich so unglaublich hohe moralische Ansprüche oder war sie ohne die wohlwollende Meinung anderer

Menschen lebensunfähig? Er wusste es nicht, hätte es aber gern gewusst und wartete auf eine günstige Gelegenheit, um es herauszufinden.

Bei dem lustigen Abend im Pub, von dem er gerade nach Hause kam, war sie jedenfalls leider nicht dabei gewesen. Sie hatten gesungen, gescherzt, gelacht und wohl auch zu viel getrunken, aber, hey, dachte er, man lebte schließlich nur einmal!

„Gute Nacht!“, rief er den Zwillingen zu, als die ihre Wohnung betraten und er selbst hinter Rick die Treppe hinauf ging, denn er nahm nie den Aufzug. An Alexandras Tür lauschte er, hörte jedoch nichts.

„Schlaf du auch gut“, verabschiedete Rick sich gähnend und ging ein Stockwerk weiter, während Harper seine Tür aufschloss. Es war zwar nicht zwingend nötig, abzuschließen, aber da er auf alle Fälle verhindern wollte, dass sich doch jemand in die Wohnung verirrte und anhand seiner Dokumente seine wahre Identität herausfinden könnte, tat er es doch immer. Der Abend mit den Zwillingen und Rick hatte richtig gutgetan, auch wenn er kurz Angst gehabt hatte, von den häufigen Grabsch-Attacken der beiden Damen blaue Flecken davonzutragen.

„Du, Rick“, hatte er seinem Freund zugeraunt, als die beiden aufgesprungen waren, um einen sehr aufreizenden Tanz aufs Parkett zu legen. „Sag mal – stehen die zwei auf Dreier? Oder …“ Dabei wackelte er mit den Augenbrauen und grinste breit, doch Ricks schallendes Gelächter war Antwort genug. „Theoretisch ja. Praktisch nein. Lass es bleiben, Kumpel, sonst kratzen sich wieder alle gegenseitig die Augen aus, das kenn ich schon zur Genüge. Die machen immer in letzter Sekunde einen Rückzieher.“

„Gut zu wissen. Schon schade, Kumpel, aber danke für die Warnung!“

„Gern geschehen.“ Rick hatte genickt, den letzten Schluck von seinem Guinness genommen und war dann aufgestanden, um an der Bar Nachschub zu holen.

Als Harper sich nun, ein paar Stunden später, auf die gemütliche Couch des ihm unbekannten Darraghs plumpsen ließ, fiel ihm auf, dass das Einzige, was ihm von seinem alten Leben fehlte, der Sex war. Wann hatte er zuletzt fünf Tage keinen gehabt? Als Baby? Schlechter Scherz.

Was ihn jedoch noch mehr als seine unbemerkte Enthaltsamkeit verwunderte, war die Tatsache, dass er nicht wirklich Lust verspürt hatte, eine der Schwestern oder gar beide ins Bett zu kriegen. Sein markiger Spruch war mehr einem Reflex geschuldet. Natürlich hätte er es ohne zu überlegen durchgezogen und sicherlich seinen Spaß dabei gehabt, aber war das alles? Eher nicht. „Ich glaub, ich werde alt“, dachte er und dabei ausgerechnet an die unnahbare Alexandra, während er begann, sich auszuziehen.

Wenig später schlief er ermattet, aber glücklich auf der Couch ein, wo ihn am nächsten Morgen das grässliche Klingeln seines Handys weckte. Erst halb acht! Wer wagte es, einen *vorzeitig pensionierten* Popstar mitten in der Nacht zu stören?

Marc. Natürlich. Wer sonst! Dem war das immer egal, und zudem war es bei ihm bereits halb neun. Verdammt!

„Ja?“, knurrte er ins Telefon und machte sich auf ein Donnerwetter gefasst, da er die letzten Anrufe seinen Managers ignoriert hatte.

„Harvey! Endlich! Wo zum Teufel treibst du dich rum? Warum bist du nicht nach Florida geflogen? Was zum Geier soll das?“ Marcs Stimme war schrill und laut. Viel zu laut. So laut, dass sie spitz in Harveys Kopf schnitt. Oh je … das Guinness und dieser verfluchte *Apfelstrudel*, ein Kurzer, bestehend aus Apfellikör, Sahne und Zimt, den noch dazu er gestern Abend seinen neuen Freunden vorgestellt hatte! So lecker das Getränk war, so höllisch waren die Kopfschmerzen am nächsten Tag.

„Hey, Marc. Nein, bin ich nicht. Hatte keinen Bock auf die Hitze. Je weniger Leute wissen, wo ich bin, desto sicherer ist es, findet du nicht? Deswegen kannst du mein Handy auch nicht orten, egal, was du probierst.“

„Mensch, Harvey!“, fluchte Marc. „Stell dich doch nicht so saudumm an! Wie soll ich dir bitteschön helfen, wenn ich nicht mal weiß, wo du steckst?“, brüllte er genervt.

„Aber ich brauche deine Hilfe doch gar nicht“, schrie Harvey zurück, und plötzlich tat ihm sein Manager, der lange Zeit wie ein Vater für ihn gewesen war, ein wenig leid. Er meinte es ja nur gut mit ihm. Aber er war kein Kind mehr und brauchte keinen Babysitter! Deswegen seufzte er und fügte hinzu: „Schau, ich weiß ja, dass du es gut meinst. Aber du selbst hast doch gesagt, dass ich einfach mal den Ball flach halten und mich nicht in der Öffentlichkeit zeigen soll. Genau das tue ich jetzt. Und es ist richtig geil, dass mich keiner kennt und keiner was von mir will." *Außer dir*, fügte er in Gedanken hinzu, verkniff sich diesmal aber einen Seufzer und rollte stattdessen die Augen.

„Nun ja, so lange wirst du gar kein Low Profile mehr halten müssen“, brummte Marc nun etwas ruhiger.

Unwillkürlich begann Harvey zu schwitzen und sein Puls raste.

„Wie bitte? Was, wovon redest du da überhaupt?“

„Na, dass du bald zurückkommen kannst. Wir müssen am Album weiterarbeiten und in zwei Wochen beginnt die Sommertournee, das kannst du doch nicht vergessen haben!“

„Äh … Nein, natürlich nicht. Aber es kann doch unmöglich alles schon vergessen sein!“, versuchte er verzweifelt, Zeit zu gewinnen. Aber Zeit wofür?

„Nein, natürlich ist es nicht vergessen. Aber es ist nicht mehr wichtig. Es gibt andere Skandale, und deine Fans finden deine Homo- bzw. Bisexualität größtenteils sogar sehr sexy!“ Nun lachte Marc dröhnend, und Harvey wurde übel. Das ging doch alles viel zu schnell! Wieder zurück? Er war doch gerade erst hier angekommen!

„*Call me effing crazy* ist von Null auf Platz 2 geschossen, nur für den Fall, dass du es nicht mitbekommen haben solltest, wovon ich nun mal ausgehe, denn andernfalls hättest du etwas gesagt. Da steckt ein richtig geiles Marketing- und PR-Team dahinter, gerade jetzt! Mensch, weißt du, vielleicht war euer schwules Geknutsche sogar genau das, was wir gebraucht haben, wer weiß! Also, Harvey, wo immer du jetzt auch steckst – Time to come home!“ Triumph lag in Marcs Stimme, und ganz offenkundig wartete er auf Jubelgeschrei seines Schützlings, das jedoch ausblieb. Ungeduldig hielt er den Atem an. Harvey tat dasselbe, aber mit einem anderen Ziel.

„Harvey?“

„Ja, ich hab dich schon gehört“, sagte der beinahe tonlos und ließ sich tiefer in das gemütliche Sofa sinken.

„Das sind super News! Mensch! Freu dich doch! Du bist gerettet!“

„Worüber soll ich mich denn bitte freuen?“, fragte er mit Grabesstimme. Nächste Woche wäre er wieder Nummer Eins. Mal wieder. Wie schon so oft. Und was bedeutete das für ihn? Noch ein paar Millionen mehr auf dem Konto, aber ein vergeudetes Leben. Eins, das er nicht wollte. Goldener Käfig? Vielleicht golden, aber ganz bestimmt ein Käfig, in dem er sich permanent zum Affen machte.

„Also, nun komm schon!“, fuhr Marc deutlich ungeduldiger fort. „Ich hole dich morgen am Flughafen ab. Und jetzt beweg deinen Arsch hierher. Schreib mir, wann du landest.“

„Hey, Moment mal! Warte! Nicht so schnell!“, brüllte Harvey und spürte grenzenlosen Zorn in sich aufsteigen. Was nahm der Kerl sich eigentlich heraus? Er war 25! Erwachsen, volljährig, er brauchte keinen Vormund, denn er hatte die Schnauze gestrichen voll von der ganzen Bevormundung!

„Ich muss da erst mal drüber nachdenken“, setzte er dann mit fester Stimme in die entstandene Stille nach. „So schnell kann ich nicht kommen.“

„W– was? Worüber denn?“, höhnte Marc und lachte ungläubig.

„Ob ich das alles noch will. Oder überhaupt länger aushalte, ohne komplett durchzudrehen!“

„Ha! Hahahaha! Dass ich nicht lache! Du kannst doch gar nicht anders, und das weißt du genau. Vertrag ist Vertrag, Millionen sind Millionen!“

„Yep, das weiß ich. Aber Geld ist nicht alles im Leben. Und nun leb wohl, Marc. Ich melde mich bei dir.“

Bevor Marc noch etwas sagen konnte, hatte Harvey aufgelegt und das Telefon ausgeschaltet.

Ruhe. Ruhe zum Denken und zum Abwägen der Konsequenzen.

Sein Kopf dröhnte und pochte, und das nicht allein wegen der vielen Guinness und *Apfelstrudel* am Vorabend.

Er stand auf, fuhr sich mit der Hand über seinen halb geschorenen Schädel und beschloss, dem Elend ein Ende zu bereiten. Er sah aus wie ein hirn- und geschmackloser Vollidiot. Kurzerhand peste er ins Bad, nahm den Langhaarrasierer und entfernte sein gesamtes Kopfhaar. Ein scheinbar fremdes Gesicht starrte ihn fassungslos an. Dann begann es zu lachen, und Harvey zeigte ihm den Daumen-nach-oben. Yep. Das war er. Nackt. Ohne Show. So konnte sein neues Leben beginnen! *Käppi drauf und ein paar Tage warten*, sagte er sich, dann wäre da bestimmt eine Art Flaum oder zumindest Stoppeln.

In seinem haarfreien Kopf kreisten die Gedanken. War er es nicht gewesen, der Alexandra im Park einen Vortrag darüber gehalten hatte, dass sie von der Meinung anderer abhängig war? Dass sie nicht für das kämpfte, das ihr etwas bedeutete und sie glücklich machen konnte? Aber wie sah es da bei ihm aus? Tat er es denn? War er dazu bereit, zig Millionen zu verlieren und seine Fans zu enttäuschen? Der Preis war hoch, aber der Lohn noch viel mehr wert. Oder nicht?

Aber was dann? Wovon würde er leben? Er war erst 25, und auch wenn sein angehäuftes Vermögen lebenslang für einen bescheidenen Lebensstil reichen sollte, so musste er doch etwas tun! Er konnte nicht einfach nichts tun! Konnte er studieren? Als Manager arbeiten? Wie riskant war es tatsächlich, sein eigenes Label zu gründen?

Nun ja, im Grunde wollte er andere Musik machen. Bessere. Ernstere. Aber was, wenn er damit scheiterte?

Würde er das verkraften? Dann stünde er vor dem Nichts. Er könnte sich, besonders nach all seinem Spott über den Pop, nicht mehr im Spiegel anschauen. Was nun, was nun?

Erst mal duschen!

Er knöpfte gerade seine Jeans zu, als es klopfte. Vor der Tür stand Susan. Zwanzig nach acht. Sie war tadellos zurecht gemacht, ihre blonde Mähne fiel lose auf ihre Schultern, ihre Augen waren etwas zu dunkel und ihre Lippen etwas zu rot geschminkt, aber das passte zu ihrem Typ. Ihre nicht zu verachtende Oberweite würde unter der eine Spur zu engen weißen Bluse bestimmt etliche Männerherzen höher schlagen lassen, ebenso wie ihre schlanken Beine, die unter dem rot-weißen Sommerrock prächtig zur Geltung kamen. Sie roch nach etwas Gutem. Nach etwas Sommerlich-Lieblichem, das ihn leicht kirre machte. Was wollte sie eigentlich hier oben bei ihm?

„Oh – hi, guten Morgen, Susan!“, stammelte er verlegen und kratzte sich am Kopf. Erst da fiel ihm sein Kahlschädel ein. Um davon abzulenken, murmelte er leise lachend: „Oops – sorry!“ Hastig verschränkte er seine Arme vor seiner nackten Brust.

„Weg“, sagte sie mit einer so erstickten Stimme, dass er kurz dachte, sie wollte zum Ausdruck bringen, er sollte seine Arme wieder wegnehmen. Dann aber dachte er an sein Haar. „Ja, weg!“, antwortete er geistesgegenwärtig.

„Sieht –ähm“, säuselte sie und leckte sich mit der Zungenspitze über die leuchtend rot geschminkten Lippen, „sehr gut aus. Ein wenig verwegen.“ Sie lachte hell, und ihre Augen blitzten beim Anblick seiner ebenfalls haarlosen Brust.

„Schau mir in die Augen, Kleines!“, scherzte er und lachte leise.

„Mhm … ein anderes Mal wieder gerne“, murmelte sie selbstvergessen und neigte den Kopf anbetend zur Seite.

Warum nur dachte er wieder an Alexandra? Wie würde er reagieren, wenn sie an Susans Stelle hier stünde? „Ähm, was gibt’s denn? Bist du nicht auf dem Weg zur Arbeit?“

„Doch, genau. Was ich sagen wollte: Am Dienstag koche ich immer für alle.“ Sie machte eine Pause, in der sie auf seine Reaktion wartete und stolz lächelte.

„Ja?“

„Und da wollte ich dich fragen, was du besonders gerne oder gar nicht gerne isst.“

Ach so war das! Liebe ging ja bekanntlich durch den Magen! Ein abgehacktes Lachen kam von tief unten aus seiner Brust. Sollte er mitspielen? Oder sie hinhalten? Er mochte es nicht, wenn Frauen so rangingen, und er wollte auch keine Eifersuchtsszenen im Haus riskieren, davor hatte Rick ihn eindringlich gewarnt. Zumindest keine unnötigen. Bei Alexandra wäre das anders …

„Ich mag's nicht gerne, wenn es zu scharf ist“, sagte er mit einem tiefen Blick in ihre vor Überraschung geweiteten Augen und grinste sie breit an. Es war ein affiger Irrglaube, dass *echte Männer* richtig Scharfes vertrugen. Jeder Mensch hatte eine Magenschleimhaut, die weggeätzt werden konnte, das hatte nichts mit cool, sondern mit dumm zu tun.

7 Alexandra

Alexandras Tag im Buchladen unterschied sich in keiner Weise von denen davor und - aller Voraussicht nach - denen danach. Als sie sich, heute allein, auf den Heimweg machte, war sie von der Langeweile ganz erschöpft. Da heute Dienstag war, war Susan nicht bei ihr vorbeigegangen, sondern direkt vom Büro in die Orange Street zurückgekehrt, um gleich mit dem Kochen zu beginnen.

Weit schien sie noch nicht gekommen zu sein, denn als Alexandra durch die Haustür trat, wehte ihr noch kein verräterischer Duft in die Nase. Neugierig ging sie in den ersten Stock und trat ohne anzuklopfen ein. „Hallo alle miteinander, guten Abend! Was gibt's denn Gutes? Ich rieche ja noch gar nichts!"

„Hi Alex! Oh, lass dich überraschen. Nichts Scharfes!", antwortete Susan gedehnt und rollte übertrieben die Augen.

„Auf Wunsch von Harper“, fügte sie mit tiefer Stimme hinzu.
„Was?“, gluckste Alexandra und schlug sich eine Hand vor den Mund, die andere auf den Bauch. Was zum Geier hatten diese Schmetterlinge da drin zu suchen? Harper würde ja auch kommen! In den vergangenen Tagen hatte sie kaum an ihn gedacht; zu beschäftigt war sie mit dem *Vorfall* gewesen, wie sie die Begegnung mit Brian, ihre Lüge und Harpers anschließenden Worte bezeichnete. Das hieß: Natürlich hatte sie an ihn gedacht, aber da sie es nicht wollte, hatte sie die Gedanken immer wieder sofort beiseitegeschoben.
„Ja. Genau! *Das* dachte ich auch! *Weichei!*!“, kicherte Susan und schüttelte den Kopf.
„Und zum Ausgleich der mangelnden Schärfe im Essen hast du dir dieses Kleid angezogen?“, feixte Alexandra und zeigte mit dem Kinn auf ein knappes, weißes Sommerkleid, das wenig der Fantasie überließ.
„Wie meinst du?“, fragte Susan leise und schaut an sich herab. „Ach so. Nein, nicht deswegen", wich sie verlegen aus und machte sich wieder daran, die Tomaten in kleine Stücke zu schneiden.

„Ach so … Ich dachte ja nur. Also, dann gehe ich mich auch mal umziehen. Wann können wir denn essen?"
„Punkt acht, wie immer."
„Aha", kommentierte Alexandra die plötzliche Einsilbigkeit der Freundin und verzichtete darauf, sie nach ihrem Tag im Büro und den Gemeinheiten ihres oh-so-sexy-Chefs-mit-den-grünen-Augen zu fragen.

In Gedanken versunken ging sie die Treppe hinauf. Was sollte sie nur anziehen? Das grüne Kleid mit den weiten Ärmeln? Das stand ihr gut und sie fühlte sich wohl darin, aber war es nicht extrem lässig? Neben Susan würde sie wie das hässliche Entlein dastehen. Oder Aschenputtel. Aber – genau deswegen! Sie *wollte* dem Kerl ja gar nicht gefallen!
Aber hatte sie heute nicht irgendwann stark geschwitzt? So … Ihr fiel keine einzige Gelegenheit ein, entschied aber, nicht vorsichtig genug sein zu können, und so gab es natürlich gar keine andere Möglichkeit, außer zu duschen. Es war einfach Sommer in Dublin, und auch das Haarewaschen konnte unmöglich an dem neuen Mitbewohner liegen. Unmöglich! Auch wenn bestimmt er es war, der mit Rick im Garten saß, Gitarre spielte und dazu

sang. Sehr gut und sehr schön sogar. Seine Stimme berührte sie in einer Weise, die sie sich nicht eingestehen wollte. Bestimmt lag das nur an dem Lied, das die beiden zum Besten gaben. Ausgerechnet „Nothing compares to you", im Duett mit Rick. Schön. Viel zu schön.
Warum mochte sie ihn eigentlich nicht? Ach ja, richtig, weil er ein so oberflächlicher Kerl war. Weil irgendwas an ihm nicht stimmte. Weil er – einfach nicht zu ihr passte, mit seiner Frisur und allem anderen. Aber war er nicht immer zu allen nett und freundlich? Er lachte viel und hatte sie ganz instinktiv gegenüber Brians passiver Aggression verteidigt. War sie wirklich so eingebildet, dass sie Menschen nach ihrem Äußeren beurteilte? Auch wenn, zugegeben, die Frisur auf wenig Hirn darunter schließen ließ? Hmmm … Vielleicht war es höchste Zeit, ihre Einstellung zu überdenken.

Oder lag es an Brian und all den anderen Männern vor ihm? Die immer darauf aus waren, Eindruck zu schinden, die angaben und auf deren unnahbare Arroganz sie so gern hereinfiel, bis sie wieder auf der Nase landete? Ja, vielleicht war es auch nur Selbstschutz, denn eines war Harper sicherlich nicht: von Selbstzweifeln geplagt. Dabei wusste sie so gut wie nichts über ihn. Er erzählte wenig bis fast gar nichts über sich, sondern hörte lieber den Geschichten der anderen zu.

Mit im Laufe der Jahre automatisierten Gesten trug sie ein leichtes Make-up auf, föhnte ihr Haar in Form, fixierte es mit einem Hauch Haarspray, bespritzte ihre Handgelenke und die Stellen hinter den Ohren mit ein paar Tropfen ihres Bulgari-Duftes und lief dann die Treppe hinunter. Die Musik im Garten war verklungen und auch sonst fehlte jede Spur von den männlichen Mitbewohnern. Enttäuscht betrat sie Susans Wohnung und wurde von einem vorwurfsvollen „Da bist du ja endlich!" aus Melanies knall pink geschminkten Mund empfangen. Die Farbe des Lippenstifts war neben der Farbe des weit ausgeschnittenen Spaghettiträgertops in der Tat das Einzige, was die beiden Schwestern voneinander unterschied.

Bevor sie etwas darauf sagen konnte, ertönte ein lautes Poltern auf der Treppe. Blitzschnell schauten vier Augenpaare zur Tür, und alle hielten angespannt die Luft an. Als das Poltern lauter wurde, lachten sie nervös auf und stürzten sich geschäftig in die letzten Vorbereitungen. Die Zwillinge stellten gerade Gläser auf ein Tablett, Alexandra faltete Servietten und alle taten so, als hätten sie überhaupt nicht auf Harper gewartet.

„Wow, das duftet ja köstlich!“, rief er da auch schon und stand mit einem Mal mitten in der Küche.

„Hallo Harper!“, grüßten alle und beäugten ihn von Kopf bis Fuß.

„Hoffentlich schmeckt es auch so gut“, wehrte Susan lachend ab und errötete leicht.

„Oh, da bin ich mir sicher!“, antwortete Harper lächelnd und stibitzte sich eine grüne Olive aus dem Schälchen, das noch nicht den Weg in den Garten gefunden hatte.

„Ich bin am Verhungern“, jammerte Melanie und rieb sich den Bauch.

„Und ich am Verdursten! Was ist mit dir, Kumpel, auch ein Bier?“, fragte Rick und schlug Harper freundschaftlich auf den Rücken. Dann öffnete er, ohne eine Antwort abzuwarten, den Kühlschrank, nahm zwei Flaschen heraus und gab ihm eine davon. „Slaintè! Auf den Abend!", rief er gut gelaunt und ließ einen großen Schluck gluckernd in seine Kehle laufen.

Nach einem lauten „Prost“ legte Harper den Kopf in den Nacken und leerte die Flasche in einem Zug. Lachend und mit blitzenden Augen hob er den Kopf wieder und wahrscheinlich, weil ihn vier Augenpaare fasziniert anstarrten, lachte er verlegen, nahm sein Cap ab und kratzte sich an der Kopfhaut.

„Argh!“, kreischte Alexandra wie von der Tarantel gestochen und starrte ihn an, als wäre er der Glöckner von Notredame persönlich.

„Ha!“, rief Susan triumphierend und stach mit dem Finger in die Luft. Ihr Gesicht erinnerte stark an den Weihnachtsbaum vor dem Rockefeller Center, wenn alle Lichter angezündet waren. „Das habe ich euch ja noch gar nicht gesagt!“, rief sie lautstark und schaute erwartungsvoll von einer zu anderen und stemmte eine Hand in die Hüfte.

„W– was denn?“, stammelten die Zwillinge fassungslos, denn offensichtlich gefiel ihnen die Vollglatze ebenso wenig wie Alexandra.

Aber Susan lächelte teuflisch und ließ den Kochlöffel in der Luft kreisen. Dann säuselte sie in einem unheilvollen Singsang: „Und genauso sieht seine Brust auch aus!“

„Was? Susan!“, kreischten nun alle wie aus einem Mund und gafften abwechselnd sie und dann wieder den armen Harper an, der rot anlief, zu Boden schaute, abwehrend die Hände hob und „Ho, ho, ho!“ rief. „Immer mit der Ruhe! Sie hat zwar recht, unsere Susan!“, verkündete er und legte kameradschaftlich den Arm um ihre Schultern. Kraftvoll zog er sie an sich, woraufhin sie bis über beide Ohren strahlte. „Aber das auf meinem Kopf ist nur vorrübergehend so. Das wächst alles nach. Es war die einfachere Lösung nach dem Bleich- und Rasurdesaster.“

Desaster? Hatte er seine Frisur eben als eine Katastrophe bezeichnet? Wenn das so war, hatte er ja doch mehr Geschmack als befürchtet! Aber woher wusste Susan von …? Es war doch immer das Gleiche mit ihr!

Dann ließ er sie wieder los, nahm die Oliven und frisches Bier und schlenderte mit Rick in den Garten.

„Sag mal, läuft da was zwischen euch?“, zischte Natalie scharf, sobald die Herren außer Hörweite waren.

Susan gab sich majestätisch, zog eine Schnute und sang: „Oh … *noch* nicht! Aber ich würde sagen, wir sind auf dem besten Weg dazu!“

„Aber – wieso? Ich meine: Wieso weißt du von seiner Brust?“, keuchte Natalie und schaute Susan halb ängstlich, halb neugierig an.

„Ach so! Na, ich musste ihn doch zum Essen heute einladen! Und da hat er mir heute Morgen nur in einer Jeans die Tür aufgemacht … Uh lala, Mädels! Ich sag euch was! Der Kerl ist *echt* gut gebaut! So was von sexy, das glaubt ihr nicht!“ Begeistert blickte sie zur Decke und leckte sich über die Lippen, eine Geste, die sie unbewusst immer machte, wenn sie einen Mann heiß fand.

Bevor eine der Schwestern etwas sagen konnte, meinte Alexandra schnell: „Na, wenigstens lenkt er dich von deinem Chef ab! Das ist doch schon mal viel wert!“ Sie schluckte und schüttelte den Kopf, aber der Kloß in ihrem Hals schien festzustecken.

„Ach, Richard!“, seufzte Susan, machte eine wegwerfende Handbewegung und lachte hart auf. „So, fertig! Gehen wir“, sagte sie dann in einem geschäftigeren Ton, zog sich zwei rosarote Kochhandschuhe über und zog eine der beiden Auflaufformen aus dem Ofen. „Wer hilft mir beim Raustragen?“

Sofort packten alle mit an, nahmen Knoblauchbrot, Salat und die zweite Auflaufschüssel und gingen -den Duft, das Aussehen und die Mühe lobend - in den Garten.

„Hey, lange nicht gesehen!“, rief Harper da eindeutig ausschließlich Alexandra zu und besah sie wohlwollend von Kopf bis Fuß.

Ihr war, als könnte sie seinen Blick wie eine Feder auf ihrer Haut spüren. Gegen ihren Willen musste sie lächeln.

„Ja, stimmt. Hallo Harper! Gut eingelebt?“, grüßte sie, bestimmt viel zu verlegen, zurück und widerstand der Versuchung, auch ihn von den nicht mehr vorhandenen Haar- bis zu den in schicken Flip-Flops steckenden Fußspitzen mustern. Allem Anschein nach trug er ihr ihre Ruppigkeit von St. Stephen's Green nicht mehr nach. Sollte sie dennoch etwas sagen?

„Ähm, Harper – wegen Samstag … Das“, begann sie zögerlich, doch er schloss die Augen und schüttelte den Kopf. „Schon okay und schon vergessen. Es tut mir auch leid. Ich wollte dir nicht zu nahe treten und dich in eine blöde Situation bringen.“

„Das – danke, aber nein, das ist ... es nicht“, stotterte sie.

Seine Augen wurden größer, und er schaute sie so interessiert an, dass ihr ganz heiß wurde.

„Sag mir lieber, ob du mit dem Kundera-Buch schon fertig bist und wie es dir gefallen hat“, bat er sie stattdessen und manövrierte sie im Nu in sicherere Gewässer.

Alexandra bekam nichts von den anderen mit, so sehr war sie auf das bestimmt unüberhörbar laute Pochen ihres Herzens und ihre Fingernägel konzentriert, als sie ihm antwortete. Alle setzten sich an den großen Tisch, und er richtete es so ein, dass er nach ihr auf die Bank schlüpfte. Dabei streifte sein Arm kurz ihren, und sie wünschte, er würde sich nicht fortbewegen.

„Es war echt gut“, meinte sie zögernd. „Aber du musst mit mir echt nicht über Sachen reden, die dich nicht interessieren.“

„Die -was?“ Überrascht schaute er sie an, bis der Groschen fiel. „Ach so ist das!“, rief er dann, drehte sich abrupt zur Seite, legte den Kopf in den Nacken und schluckte so stark, dass sein Adamsapfel hüpfte. Dann nickte er mehrmals ernst. „Gut. Dann frag du mich doch etwas. Was hältst du von einem Literaturquiz?“

„Äh – wie bitte?“

„Ein Literaturquiz. Du stellst mir Fragen.“

„Sicher?“ Alexandra blinzelte ungläubig. Wie kam er denn darauf! Und wie peinlich!

„Ganz sicher. Los, komm! Frag mich was.“ Er verschränkte die Hände vor dem Bauch und lehnte sich gespannt zurück.

„Wollt ihr nicht essen?“, unterbrach Susan sie und hielt eine Portion Auflauf hoch.

„Gleich, Süße“, vertröstete er sie mit einem weichen Lächeln und einem Zwinkern, bevor er sich wieder konzentrierte. „Erst fünf Fragen. Fünf, okay? Und mach sie schwer!“

„Aber – englischsprachige Literatur! Und du bist doch … in Deutschland zur Schule gegangen, oder?", wandte Rick blitzschnell ein, da er offenkundig versuchte, Schande von seinem Freund abzuwehren.

„Na ja, ich stelle mich trotzdem. *Literatur international.*“

„Okay … also … So international wie möglich. *Das Schloss*, von wem ist das?“, fragte Alexandra mit zitternder Stimme. Worauf wollte er nur hinaus? Wollte er sie oder sich selbst blamieren?

„Haha. Das ist einfach. Kafka. Weiter, nächste Frage.“

„Okay.“ Alexandra atmete tief ein. „Welches Buch von Edward P. Jones hat den Pulitzer Prize gewonnen?“ Unmöglich, dass er das wusste!

„Ach, komm, Alex!“ Er ließ die Hand sinken. „The Known World, natürlich. Die bekannte Welt.“

„Wow!", jubelten alle übrigen Mitbewohner, die sich prompt als seine Fangemeinde etabliert hatten. „Zwei von fünf!“

Alexandra glaubte zu träumen. Gut, das konnte ein Zufallstreffer gewesen sein, und Kafka war in Deutschland ja sehr bekannt. Die nächste Frage also! Ihre Hände schwitzten. Sie durfte nicht verlieren. Angestrengt dachte sie nach. „Wer hat die kürzeste Kurzgeschichte der Welt geschrieben?“

Wie aus der Pistole geschossen kam die Antwort: „Ernest Hemingway. *Baby shoes for sale, never worn.*“ Mit einem breiten Grinsen lehnte Harper sich nach vorne. Die anderen brachen in lauten Jubel aus. „Harper, Harper! Komm! Noch zwei!“, feuerten sie ihn an.

Alexandra wurde mulmig zumute. Ihre Gedanken kreisten ziellos. „Wo wurde Oscar Wilde geboren?“, fragte sie und hätte sich am liebsten selbst für die Frage geohrfeigt.

„Ts, also wirklich!“, machte Harper abfällig. „In Dublin natürlich.“

Alexandras Wangen glühten, und da war er wieder, der Kloß in ihrem Hals. Und natürlich jubelten *ihre* Freunde, die nun Harpers Fans waren!

„Okay, letzte Frage!“, rief sie entnervt und kurzatmig. „Wie hieß die Ehefrau von Ted Hughes?“, fragte sie und hielt vor Anspannung die Luft an.

„Im Ernst? Alexandra?“, fragte er und schaute sie eindringlich an. „Nimm eine andere Frage. Ich schenke sie dir", meinte er mit einer großzügigen Geste.

„Aaha!“, rief sie mit immer höher und lauter werdenden Stimme und stand auf. „Hab ich dich! Das sagst du nur, weil du es nicht weißt!“ Ihr Herz schlug so laut, dass sie ihre eigenen Worte wie durch eine Wand hörte.

Kurz hielt er inne, fixierte ihren Blick, sprang dann ebenfalls auf und rief: „Chance vertan! Doris Lessing!“

„Wohaba!", kreischten die Zwillinge, die von nichts eine Ahnung hatten, und umarmten zuerst einander, dann Harper, dann Susan und führten sich auf, als hätte er ein WM-Tor für Irland geschossen. „Du bist der Größte! Du hast unsere Literaturqueen vom Thron gestoßen!“

„Ha!“, schrie Alexandra da spitz und sprang mit ausgestrecktem Arm in die Luft. „Es ist aber falsch! Das stimmt nicht!“ Immer wieder dachte sie bodenlos erleichtert: *Wenigstens ein Punkt, wenigstens einer!* „Es war Sylvia Plath!“

Harpers Mundwinkel zuckten, seine Augen blitzten auf und dann huschte ein Lächeln über seine Lippen. In dem Moment erkannte sie, dass er mit Absicht falsch geantwortet hatte. Am liebsten wäre sie in Grund und

Boden versunken, so sehr schämte sie sich. Was für eine Schande! Sie errötete noch mehr und leuchtete bestimmt noch mehr als die Tomaten im Salat. Wie arrogant von ihr, sich auf so ein albernes Spiel einzulassen und zu denken, er könnte unmöglich etwas von Literatur verstehen. Wie abgrundtief peinlich.

Lass dir jetzt bloß nichts anmerken, redete sie sich selbst gut zu, rang nach Atem, schluckte mehrmals, aber die Scham saß wie ein Kloß in ihrem Hals fest, und ihr Blick flackerte. War sie wirklich so leicht zu durchschauen? Wie hatte er nur erkannt, was sie von ihm dachte? Sie konnte ihm nicht mehr in die Augen schauen.

Schweigend sah sie ihn an und ließ die Schultern hängen.

„Aber immerhin vier Richtige!“, verteidigte Susan ihn und legte ihre Hand besitzergreifend auf seinen Arm.

„Genau! Noch dazu gegen Alexandra Murphy! Kommt, darauf trinken wir!“, rief Rick und öffnete ein Bier.

„Echt toll gemacht, Harper! Das ist echt eine Überraschung!“, freuten sich die Zwillinge und stießen mit ihm an.

„Ja“, gab er flirtend zurück. „Wer weiß, zu welchen Überraschungen ich noch gut bin!“ Dann öffnete er eine weitere Flasche, suchte Alexandras Blick und reichte sie ihr.

Ja, wer weiß, dachte Alexandra mit pochendem Herzen und wollte es gar nicht wissen.

8 Harvey

„Danke, danke!", wehrte Harper die Glückwünsche lachend ab und schielte immer wieder verstohlen zu Alexandra. Sie versuchte zwar ebenfalls, zu lachen, trotzdem konnte er deutlich erkennen, dass sie verwirrt war und über etwas grübelte. Doch noch etwas spiegelte sich in ihrem Gesichtsausdruck. War es Scham?

„Aber kommt jetzt – lasst uns endlich essen! Ich falle echt gleich um vor Hunger!", rief Natalie und klatschte in die Hände.

Mit einem stolzen und freudigen Gesichtsausdruck erhob sich daraufhin Susan und teilte den köstlich duftenden Auflauf in Portionen auf und gab diese auf die Teller.

„Was ist das denn Feines?“, erkundigte Harper sich ehrlich interessiert. Wie lecker das duftete!

„Hm, es hat keinen Namen. Ich habe es erfunden und es ist ein Geheimrezept. Ein leichter Reisauflauf mit

Meeresfrüchten. Dazu bunten Salat mit Kapuzinerkresse. Das sind die großen Blätter und Blüten."

„Mhm! Ach so ist das. Verstehe. Es sieht nicht nur wunderschön aus, sondern ist auch noch gesund! In Deutschland isst man die auch."

„Ach ja?"

„Ja. Nicht oft, aber ich mag sie. Und erst der Auflauf!"

Als vor allen Hausbewohnern köstlich dampfende Teller standen, wünschten sie sich einen guten Appetit und bald darauf war nur noch genüssliches „Mhm", „Ah" und „Einfach köstlich!" zu hören.

Aus dem Augenwinkel beobachtete Harper Alexandra. Sie vermied die Blicke der anderen; ja, sie schämte sich ganz bestimmt. Hatte sie ihn durchschaut? War es ihr deswegen so peinlich? Das hatte er nicht gewollt. Warum nur hatte er sich zu dem Quiz hinreißen lassen!

„Wow, im Ernst, Susan", sagte sie da und strich sich mit einer Hand lästige Haare aus dem Gesicht. Mit einem nachdenklichen Gesichtsausdruck sah sie von ihrem Teller auf. „Deine Gerichte sind immer ein Gedicht. Einfach köstlich."

„Oh, danke! Das freut mich sehr." Leicht errötend nahm Susan das Kompliment an und schaute nun ihrerseits zu Harper, der sie ebenfalls mit Lob überhäufte. Aber warum nur zuckte Alexandra dabei zusammen? Und warum war sie immer so unsicher? Sie gehörte nicht zu den Frauen, die sich in ihrer Haut wohlfühlten, das erkannte er deutlich, aber er begriff nicht, woran das liegen konnte. Sie gehörte zu denen, die immer unsicher und manchmal sogar am liebsten unsichtbar wären, aber weshalb? Sie sah gut aus, war gebildet, intelligent, auf ihre Art witzig und alle ihre Freunde mochten sie. Gerade wollte er sie etwas fragen, als Natalie (oder war es Melanie?) ihm zuvorkam.

„Woher weißt du denn so viel über Literatur?“, erkundigte sie sich neugierig bei ihm.

„Ach, weißt du, ich lese einfach gerne. Es war schon immer eine große Leidenschaft von mir.“

„Im Ernst? Das hätte ich ehrlich gesagt nicht gedacht“, gestand Alexandra mit dünner, aber ehrlicher Stimme und schaute ihn vorsichtig an, so, als wollte sie ihn um Verzeihung bitten.

„Ja, das geht wohl vielen so. Da bist du nicht die Ausnahme", gestand er seufzend und fuhr sich mit der Hand über seinen kahl geschorenen Schädel.

„Ja?“, fragte Alexandra zurück und wirkte ein wenig erleichtert. Sie und die anderen sahen ihn erwartungsvoll an.

„Ich verrate euch mal ein kleines Geheimnis", antwortete er nach einem weiteren Bissen mit einem schelmischen Grinsen. „Mein Vater und meine Mutter waren beide Professoren für Literaturwissenschaft. Sie für vergleichende, er für Anglistik."

„Ach so ist das!“, „Nicht wirklich, oder?“, staunten nun alle und rissen die Augen weit auf.

„Doch. Auch das würde niemand von mir denken, was?“ Er lachte und hörte selbst, dass er bitter klang. Dieses verdammte Image! „Als Kind haben sie mich oft tagelang nicht gesehen und panisch gesucht, weil ich zwischen den meterhohen Bücherstapeln verloren gegangen war.“

„Och, komm!“, prusteten die Mädchen los, und auch Rick röhrte bei der Vorstellung.

„Naja, aber weil sie so gebildet sind, waren sie auch so enttäuscht darüber, dass ich so eine völlig …“, er suchte nach dem passenden Wort, „*belanglose* Karriere eingeschlagen habe.“

Seine Augen fixierten Alexandra, die daraufhin ihren Blick hob und ihn ernst ansah. „Oh. Das tut mir leid. Und auch, dass ich …“ Sie verstummte.

„Was?“, fragte er zu ihr gewandt und so leise, dass nur sie es hören konnte.

„Dass ich dich ebenfalls in diese Schublade gesteckt habe.“ Sie ließ die Schultern hängen und schaute ihn –ja, eindeutig – beschämt an.

„Aber geh, du weißt doch, wie es so schön heißt!“ Aufmunternd grinste er sie an.

„*Never judge a book by its cover?* Beurteile nie ein Buch nach dem Titelbild?", fragte sie und lachte nun ebenfalls verhalten.

„Ganz genau!“, rief er mit einer ihm fremden Stimme, denn alles, was er in diesem Moment tun wollte, war, seine Arme um sie zu legen, sie an die Brust zu ziehen und so lange zu halten und zu streicheln, bis alle Scham und alle Selbstzweifel, die sie je geplagt hatten, aus ihr verschwunden wären.

Wahrscheinlich hätte sein Körper die Regie übernommen und genau das getan, wenn sie nicht unterbrochen worden wären. Und zwar von Susan, die mit einem verführerischen Lächeln und noch viel dramatischeren Augenaufschlag in seine Tagträume stürmte. Oder es zumindest versuchte. „Na, Harper, welche Überraschungen hast du denn sonst noch für uns auf Lager?“, fragte sie und spitzte die Lippen.

Sein Kopf schnellte zu ihr herum. Sein Puls war auf 180. Hilfesuchend schaute er zu Rick, der aber nur ganz cool die Schultern zuckte und die Handflächen nach oben drehte.

„Ach, nichts weiter Aufregendes“, wich er verlegen lachend aus.

„Das kann ich mir aber kaum vorstellen!“, gurrte Susan, und die Zwillinge kicherten. Nur Alexandra schielte unsicher von einer zur anderen.

„Also, raus mit der Sprache: was noch?“ Sie ließ partout nicht locker, sondern wurde, ganz im Gegenteil, immer vehementer. Nun lehnte sie sich auch noch zu ihm über den Tisch und streckte die Hände in seine Richtung aus! Ihm wurde unwohl. Nicht nur wegen der Fragen, auch wegen der eindeutigen Anmache. War Alexandra deswegen so verunsichert? Weil Susan sie immer, möglicherweise unbewusst, aus dem Bild drängte?

„Susan, Mann! Lass den armen Harper doch in Ruhe seinen Auflauf essen!“, schaltete Rick sich mit tadelndem

Ton ein. Daraufhin erntete er einen bitterbösen Blick und einen schnippischen Kommentar: „Werter Rick, zu deiner Information: Ich versuche nur, mich mit unserem Gast zu unterhalten, damit er sich bei uns wohlfühlt!“

„Ja, ja, nichts für ungut. Sorry“, wiegelte Rick ab und widmete sich wieder seinem Teller.

„Schon okay, Susan. Was willst du denn noch von mir wissen?", hörte Harper sich zu seiner Überraschung fragen und hätte sich dafür am liebsten geohrfeigt. Er riskierte ein riesigen Schlamassel, und das nur, weil sie ihm leidtat!

„Du singst so schön und spielst richtig gut Gitarre. Schreibst du denn auch deine eigenen Lieder?“, fragte da Natalie, denn Susan war offensichtlich schwer beleidigt. Harper wurde siedend heiß und sein Blick flirrte nervös, als er stammelnd antwortete:

„Ich -äh, nein. Leider nein. Ich spiele nur ab und zu ein bisschen.“

„Aber warum denn nicht?“, ließ sich da Alexandras Stimme vernehmen.

„Ich kann es einfach nicht gut, das reicht als Grund“, wich er aus.

„Hast du es denn jemals versucht?“, bohrte sie weiter, aber auf eine sehr vorsichtige und ehrlich interessierte Art.

„Ja“, gab er einsilbig zurück und spießte ein großes Tomatenstück auf.

Patt, dachte er immer und immer wieder. *Sie tut nicht, was sie wirklich will und ich tue es auch nicht. wir sind genau gleich.*

„Ich glaub, ich gehe heute mal besser früh schlafen“, sagte Alexandra gegen zehn Uhr in die gemütlich dahin plätschernde Unterhaltung. Das Geschirr war abgeräumt, und alle hatten es sich in den Loungemöbeln gemütlich gemacht. Harvey war bei seinem vierten (kleinen) Bier angekommen und beschloss, dass das auch für ihn genug wäre, denn schließlich wollte er gesünder leben als in den „wilden Tagen“ seines Popstar-Dasein. Obwohl Alexandra ihren Abschied leise und fast ausschließlich zu Susan und Rick gesagt hatte, hatte er sie gehört.. Kurz stockte ihm der Atem, und er bekam Angst. Wer wusste, wie viel Zeit ihm hier noch vergönnt war! Und da saß er und tauschte sich mit den Zwillingen über - man mochte es kaum fassen - *Backrezepte* aus, statt mit ihr über ...egal was zu reden! Alles über sie wäre interessanter als die richtige Menge an

Zucker und die beste Schokoladenmarke. Himmel, er aß die pappsüßen Dinger doch noch nicht mal gern!

„Gute Idee!“, sagte er deswegen mit einem gespielten Gähnen und streckte die Arme. „Mir sitzt die letzte Nacht auch noch in den Knochen“, entschuldigte er sich und stand auf.

„Oh, aber ist das nicht ein bisschen arg früh für dich?“, fragte Susan enttäuscht und erhob sich ebenfalls.

„Eigentlich schon. Aber mein Bio-Rhythmus ist echt total durcheinander! Sorry. Wie du es schaffst, mit so wenig Schlaf so fantastisch auszusehen und noch dazu so himmlisch zu kochen, das ist mir echt ein Rätsel!”, schmeichelte er ihr, um sie nicht noch weiter zu enttäuschen, und hoffte inständig, Alexandra möge davon nichts mitbekommen. Wo hatte er sich da nur hinein manövriert! Prompt strahlte aber zumindest Susan wieder.

Verwundert schaute unterdessen Alexandra zu ihm und schien auf etwas zu warten. Als nichts kam, grüßte sie in die Runde: „Gute Nacht allerseits, und danke noch mal für das gute Essen, Susan! Bis morgen!“ Schon war sie beinahe am Hauseingang angekommen, als er sie gerade noch erreichte.

„Darf ich Madame denn bis zu ihrer Wohnung geleiten?", fragte er nonchalant, griff blitzschnell vor sie und öffnete die Tür, die in den Flur führte.

„Du gehst ja ganz schön ran!", rügte sie ihn in ernstem Ton, aber mit einem verführerischen Blitzen in den Augen.

„Ich doch nicht!", konterte er verschmitzt und mit einem kehligen Laut, bevor er wieder ernst wurde.

„Du, Alexandra, was ich noch sagen wollte", wegen des schnellen Urteilens und so … Also, ich glaube, dass es normal ist, wenn man so verletzt wurde. Ich meine, wie du von Brian … Ich nehme es dir nicht übel, das ist alles, was ich dir sagen wollte, und ich bin mir sicher, dass du über den Kerl und die Sache hinwegkommst. Eines Tages."

Erbärmlich. Jämmerlich. Geradezu übel, was er da von sich gab! Was war nur in ihn gefahren!

Doch statt ihn wie einen armen Irren anzusehen, blieb sie stehen. Ihr Blick war nachdenklich und sanft und ließ ihn tiefer in sie hinein sehen als jemals zuvor.

„Danke, Harper. Das hoffe ich auch. Ich wünschte nur, es würde nicht mehr so wehtun, denn dann wäre es leichter für mich, anderen Menschen zu vertrauen. Aber so – er war ja nicht der einzige – so wird es immer noch schwieriger."

„Oh, das tut mir sehr leid. Willst du darüber reden?"

Stumm schüttelte sie den Kopf und wartete eine Weile, bis sie sagte. „Es macht es nur fast unmöglich, jemanden, den ich nicht schon lange kenne, zu vertrauen."

Er biss sich auf die Unterlippe und nickte ernst. Auch er kannte das von seinen vielen falschen Freunden, Menschen, die nur finanzielles Interesse an ihm gehabt hatten oder sich sonst einen Vorteil von ihm erhofften. „Ich weiß, Alexandra, ich weiß …"

„Ja?", fragte sie skeptisch, aber auch er war nicht bereit, seine Antwort näher zu erläutern.

„Ja. Du wirst über den Mistkerl wegkommen, da bin ich mir ganz sicher. Die Zeit heilt alle Wunden, und manchmal bleiben nicht mal Narben."

„Ach, wer's glaubt!" Sie stieß ein kurzes Lachen aus und starrte an die Decke. „Schön wär's."

„Ja?", flüsterte er mit belegter Stimme. Sie war ihm so nahe und ihr Schmerz tat ihm weh. Er wollte, dass es gut würde. Dass sie nicht mehr litt, dass sie an die Liebe glauben und sie in jeder Faser ihres Körpers spüren könnte. Dass sie brennen würde vor Liebe und Leidenschaft! Was für ein zartes, zerbrechliches Wesen sie doch war. Und so wunderschön, so atemberaubend schön.

Gerade hob er beide Hände, um ihr Gesicht zu halten. Seine Augen waren groß und sein Mund öffnete sich. Nur wenige Millimeter und Nanosekunden fehlten, dann hätte er sie berührt. Zuerst ganz sanft, als wäre sie zerbrechlich, und dann wild, leidenschaftlich, voller Feuer. Schon hatte er beinahe ihren Kuss auf seinen Lippen gespürt, als unverkennbar Susan sehr dicht neben ihnen „Alex?“ schrie.

Wie vom Donner gerührt riss es sie auseinander. Susan! Was tat die denn hier? Oh nein! Ihm war gar nicht aufgefallen, dass sie mitten im Treppenhaus standen!

„Susan!“, fuhr Alexandra so hastig auf, als wäre sie bei etwas Verbotenem ertappt worden.

Deren Blick bohrte sich in Alexandras Brust. „Ich dachte, du wolltest schlafen gehen?“, fragte sie vorwurfsvoll.

„Ja, das stimmt! Das wollen wir ... ich meine, will ich ja auch“, verteidigte sie sich sofort. „Wir ratschen nur noch ein wenig.“

„Hach, wenn das unterhalten ist!“ Abrupt drehte Susan sich um und polterte die Treppe wieder hinab ins Erdgeschoss.

„Was hat sie denn nur?“, erkundigte Harper sich und schaute ihr verwirrt nach. Sie konnte doch nicht ernsthaft in sie verknallt sein?

„Nichts“, seufzte Alexandra und rollte die Augen, „Sie hat gar nichts.“ Mit dem Handrücken wischte sie sich über die Stirn und schaute in die Ferne.

Harper verstand nicht so recht, was es mit den beiden auf sich hatte. Soweit er wusste, war Susan mit ihrem wohlhabenden Chef liiert und hoffte darauf, dass der sich von seiner Frau trennen würde. Dass sie dennoch keinen Flirt ausließ, würde er nach den wenigen Tagen mit ihr blind unterschreiben. Aber was sollte das gerade? War sie etwa eifersüchtig? Auf ihre Freundin? Und das, obwohl Alexandra so Schreckliches erlebt hatte?

„Ist sie sauer auf dich?“

„Nein, das glaube ich nicht. Sie hat nur eine harte Zeit bei der Arbeit, das ist alles“, nahm Alexandra sie in Schutz und schaute ihn wie ein verlorenes Lamm an.

„Du meinst, mit ihrem Chef? Der, mit dem sie was hat?“ Neugierig beugte er sich vor, denn aus eigener Erfahrung wusste er, dass Affären selten jemandem gut getan hatten.

„Ja, genau, mit dem“, antwortete sie ausweichend und griff nach ihrer Türklinke. „Du hast ja nicht lange gebraucht, um das herauszufinden“, fügte sie mit einem Schmunzeln hinzu.

„Naja, es reden ja auch immer alle davon“, gab er zurück und lachte kurz auf. „Aber auf dich oder uns, ist sie nicht sauer, oder?“

„Nein“, seufzte Alex und machte einen Schritt in ihre Wohnung. „Zumindest gehe ich nicht davon aus.“

Noch immer hoffte Harper auf ein kleines Wunder; nämlich, dass sie ihn doch noch hereinbitten würde und sei es nur, um sich weiter zu unterhalten. Aber das tat sie nicht, und so sah er sich gezwungen, sie, obwohl sie nur ein Stockwerk voneinander entfernt schliefen, zu fragen: „Wann sehen wir uns denn wieder?“ Als sie nicht sofort antwortete, fügte er rasch hinzu: „Ich würde mich nämlich gerne weiter mit dir unterhalten.“

Sie lachte leise. „Über Literatur?“

„Zum Beispiel!“

„Ach, Harper, wir sehen uns hier schon! Ich komme jeden Abend nach der Arbeit nach Hause!“ Einerseits freute es ihn, das zu hören; andererseits wäre ihm eine Verabredung bedeutend lieber gewesen. Was ihn jedoch uneingeschränkt freute, war, dass ihre Augen munter aufblitzten und sie ihm mit einem sanften Lächeln auf den Lippen zuzwinkerte.

Dann schloss sie die Tür vor seiner Nase.

Das gefiel ihm nun nicht, aber dennoch war er sich sicher, dass es nicht nur die beste aller Möglichkeiten gewesen war, nach Dublin zu kommen, sondern auch, dass er noch lange bleiben und diese elfengleiche Frau küssen wollte.

9 Alexandra

Am nächsten Abend verbrachte Alexandra ganze zwanzig Minuten nach Ladenschluss mit Warten-auf-Susan, bis sie das antike Holzschild schließlich von „Open" auf „Closed" drehte. Warum kam Susan nicht? Sie kam doch sonst immer! Jeden einzelnen Abend, abgesehen von den Dienstagen, an denen sie für alle Hausbewohner kochte. Was war los?

Hatte ihr Chef, *Richard der Größte*, sich ein spontanes Schäferstündchen auf dem Schreibtisch in den Kopf gesetzt? Oder war etwas wirklich Schlimmes passiert? Es konnte doch nicht an ihrer Unterhaltung mit Harper im Treppenhaus liegen! Oder doch?

Vergeblich versuchte sie mehrmals, Susan auf dem Handy zu erreichen.

Von plötzlicher Eile und anfliegender Panik ergriffen machte sie sich hastig auf den Heimweg. Sie rannte direkt in den dritten Stock, klopfte, ohne überhaupt richtig stehen geblieben zu sein, kurz an Susans Tür, prallte mit dem Kopf dagegen und wartete. Wieder vergeblich. Nichts. Kein „Herein”. Dann aber ein Rascheln und schlurfende Schritte. Schließlich öffnete sich die Tür, und vor ihr stand eine Susan, die sie nur nach den schlimmsten, bis in die frühen Morgenstunden durchzechten Nächten erwartet hätte. Sie steckte in einem widerlich grünen, samtenen und somit für das Wetter viel zu warmen Hausanzug. Das Make-up war heillos verschmiert und ihre Haare erinnerten an Amy Winehouse, der noch dazu das wirre Gesteck aufgegangen war.

„Oh“, war alles, was ihr beinahe apathisch über die aufgesprungenen Lippen kam.

„Oh?“, echote Alexandra vollkommen perplex. „Susan! Was ist denn los mit dir? Du siehst fürchterlich aus! Geht es dir nicht gut? Ich habe mehr als zwanzig Minuten auf dich gewartet. Und warum gehst du nicht ans Telefon?“

„Ach, ich war einfach schrecklich müde und hatte ganz arges Kopfweh. Migräne”, erwiderte Susan und drehte den Kopf gequält zur Seite. „Ich bin früher heim.“

„Und jetzt? Hast du eine Tablette genommen?“, fragte Alexandra, die das ungute Gefühl hatte, zu wissen, dass das nicht alles war. Aber es war genau diese Art von nur indirekten Vorwürfen und dieser passiven Aggression, die sie so gestrichen satt hatte. Sie wollte klipp und klar hören, was los war! Das konnte unter Freunden doch nicht zu viel verlangt sein! Am liebsten hätte sie losgeschrien. Mühsam beherrschte sie sich und sagte so ruhig wie möglich: „Du warst müde, okay. Aber warum gibst du mir dann nicht Bescheid?“

Darauf hatte Susan keine Antwort und drehte stattdessen eine blonde Strähne um ihre Finger. Dabei schaute sie auf den Boden, als gäbe es dort etwas Wichtiges zu sehen.

„Hey, Susan, raus mit der Sprache! Was ist los?“, forderte Alexandra sie ungeduldig auf und stemmte die Hände in die Hüften. Wie sie diese Spiele hasste! Immer, wenn Susan beleidigt war, musste man ihr jedes Wort aus der Nase ziehen!

„Was soll schon sein?“

„Das frage ich dich!” Nun riss ihr Geduldsfaden. „Du willst mir in Wahrheit doch etwas sagen!“

„Ich? Nein, was sollte denn los sein?“, wich Susan noch immer aus und wand sich dabei wie ein Regenwurm in der Sonne. „Du kannst tun und lassen, was du willst”, brach es schließlich trotzig aus ihr heraus.

„Ich … wie bitte? Was soll das bedeuten?“, stammelte Alexandra, die den Angriff wie einen Schlag in die Magengrube spürte.

„Jetzt stell dich doch nicht so dumm!“, brauste Susan auf. „Seit wann stehst du auf Typen wie Harper? Häh?“, fauchte sie erbost.

So wütend Alexandra war, so unendlich dankbar war sie auch dafür, dass sie ihre Freundin schon bei dem Wort „dumm” ins Wohnungsinnere geschoben und die Tür fest ins Schloss gedrückt hatte. Wie peinlich, wenn das jemand mitbekommen sollte! Nicht auszumalen!

„Ich? Ich steh doch nicht auf ihn!“, schnaubte sie nun mit hochrotem Kopf.

„Ach nein? Und warum machst du ihn dann so an?“, keifte Susan zurück.

„Wie bitte?“ Fassungslos starrte Alexandra sie an und verschluckte sich beinahe an ihrem eigenen Atem. „Ich flirte doch nicht mit ihm!” Entnervt ließ sie sich auf Susans unordentliches Sofa fallen.

„Oh, das sah gestern Abend aber ganz anders aus!“, schleuderte die umgehend zurück. „Nicht nur im Treppenhaus, sondern auch schon das ganze Abendessen über. Das *ich* gekocht hatte!”

Aha! So war das also. Daher wehte der Wind, oder zumindest ein Teil davon. Von wegen Liebe ging durch den Magen und so … „Du hast ihn die ganze Zeit angeschmachtet und mit deinem Literaturkram mächtig beeindrucken wollen."

„Ach, krieg dich wieder ein! Komm, Süße, das ist doch absolut lächerlich. Ich war einfach nur freundlich und nett zu ihm! Ihr werft mir doch die ganze Zeit vor, dass ich so unfreundlich und kurz angebunden zu Fremden bin!", verteidigte sie sich. Warum war Susan plötzlich so eifersüchtig?

„Du weißt genau, was los ist. Da reden wir über Harper und dass er eine Ablenkung von Richard für mich sein kann und was machst du? Du schmeißt dich ihm an den Hals!", trotzte Susan weiter.

"*Ich*!" Fassungslos schnappte Alexandra nach Luft. „Ich schmeiße mich ihm doch nicht an den Hals!"

„Du wusstest genau, was Sache ist!"

„Wie - was? Wie bitte, wovon redest du überhaupt?"

Susan zuckte nur die Schultern und schaute aus dem Fenster.

„Moment mal!" Alexandra sprang auf und starrte Susan an. „Du willst doch nicht etwa Harper für dich allein – für ein paar Wochen Ablenkung und Spaß, damit du von Richard abgelenkt bist? Oder doch?"

Susan zuckte zusammen, zog dann die Schultern hoch und drehte den Kopf zur Seite. Was wohl Ja bedeutete und Alexandra zum Weiterraten veranlasste.

„Und deswegen soll ich kein Wort mehr mit ihm wechseln? Wie bitte? Du musst doch selbst sehen, dass das absolut lächerlich ist! Und unfair ihm gegenüber! Jeder weiß doch, dass du nur Richard green eyes im Kopf hast!"

„So ein Unsinn! Harper könnte es locker mit ihm aufnehmen!"

„Weil du denkst, dass er auch viel Kohle hat, was?"

„Hm", machte Susan und zuckte die Schultern. „Du weißt genau, wie arm ich aufgewachsen bin und dass mir finanzielle Sicherheit einfach wichtig ist."

„Sicherhcit ja, aber du übertreibst!"

„Tu ich nicht!"

„Tust du doch!"

„Nein!"

„Okay, okay", lenkte Alexandra ein, hob abwehrend die Hände und atmete tief durch. „Lass uns deswegen nicht streiten. Also, im Ernst: Ich finde es Harper gegenüber nicht fair, wenn du ihm nur zur Ablenkung oder wegen seines Geldes den Kopf verdrehst."

„Ach nein? Seit wann ist er dir denn so wichtig? Du fandest ihn doch so richtig widerlich?"

„Nein – oder nur am Anfang …", gab Alexandra widerwillig zu.

„Ha!", rief Susan triumphierend und stach mit dem Finger in die Luft. „Dann gibst du also zu, dass du echt auf ihn stehst, so richtig?" Sie riss ihre von verschmiertem Kajal umrandeten Augen weit auf und schlug sie sich die Hand vor den Mund, um ihr Gekreische zu dämpfen.

„Nein! Tu ich nicht. Oder doch, ach, was weiß ich!", rief Alexandra, warf die Hände in die Luft und schaute verzweifelt zu Susan. Sie konnte doch nicht ernsthaft erwarten, dass sie Harper mied, nur damit Susan sich von ihrer aussichtslosen, selbstzerstörerischen Affäre ablenken konnte? Gewiss würde sie Harper meiden können, das sollte nicht allzu schwer sein, schließlich war er komisch. Oder war es gewesen … Denn warum fühlte es sich mit einem Mal so an, als würde sie in das Sofa hinein gezogen werden? Und warum fiel ihr das Atmen mit einem Mal so schwer?

„Komm, sei ehrlich", beharrte Susan nun mit ruhigerer Stimme und schaute sie versöhnlich an. „Du magst ihn, oder?"

„Du hast doch gerade selbst gesagt, dass ich nicht auf Kerle wie Harper stehe!" Warum fiel ihr nur nichts Besseres ein?

„Normalerweise tust du das nicht. Aber wenn es jetzt anders ist, dann ist das eben so. Dann ist es auch okay. Ich kann mir eine andere Ablenkung suchen." Sie klang friedlich, aber da es nichts zu gestehen gab, insistierte Alex: „Ich will aber nichts von ihm wollen, okay?", seufzte sie.

„Und warum flirtest du dann mit ihm?", fragte Susan, legte die Hände auf ihre Schultern und schaute sie liebevoll an. „Mag sein, dass du nicht *wollen willst,* aber gegen die Liebe bist du machtlos."

„Himmel, Susan! Übertreib mal nicht", seufzte Alexandra theatralisch.

„Ich übertreibe nicht." Susan lachte und ließ sie los. „Du stehst auf ihn und flirtest auf Teufel komm raus mit ihm. Ich habe doch Augen im Kopf."

„Aber ich flirte nicht. Nie!"

„*Normalerweise* nicht. Aber diesmal schon."

„Ich …“, stammelte sie und schaute Susan fragend an. „Im Ernst?“

„Im Ernst!“

Alexandra hatte sich gerade verabschiedet und die Tür geöffnet, als, wie es der Zufallsteufel wollte, Harper die Treppe heraufkam.

„Hey, Alexandra!“, rief er freudig und strahlte über das ganze Gesicht. „Wie geht’s dir denn? Guten Tag gehabt?“

„Hi, Harper! Danke, geht ganz gut, und dir? Schön, dich zu sehen, aber ich muss dringend ... heim! Aber Susan hat Zeit, wenn du Gesellschaft willst“, stotterte sie mit rasendem Puls und plötzlich schweißnassen Händen.

„Nein, nein. Darum geht’s mir gar nicht. Wann hast *du* denn Zeit?“, fragte er und ließ sie nicht aus den Augen. Seine gute Laune war so ansteckend, dass das letzte bisschen ihrer Wut auf Susan verrauchte.

„Ich weiß nicht genau. Warum fragst du?“, fragte sie aufgeregt.

„Weil ich dir gerne was zeigen würde, das ich gerade entdeckt habe.“

„Du hast etwas gefunden? Was denn? Wo ist es denn? Draußen?“

„Ja, draußen. Du wirst es gleich sehen, komm mit!“

Bevor sie protestieren konnte, nahm er sie an die Hand und zog sie hinter sich die Treppe wieder hinunter und aus dem Haus. Innerlich erstarrte Alexandra, weil alles so schnell ging. Deswegen dauerte es eine Weile, bis sie spürte, wie gut sich seine Hand anfühlte. Nämlich ganz weich und stark zugleich. Auch wenn sie sein Gesicht nicht sehen konnte, so spürte sie, dass er lächelte, und als sie den Gehsteig erreicht hatten, sah sie, dass er es tatsächlich tat, und zwar bis zu beiden Ohren.

Nach einem zweimaligen Anlauf, denn ihre Kehle war staubtrocken, konnte sie ihn endlich fragen: „So, aber jetzt sag mir doch mal: Was hast du entdeckt?“ Schon wieder musste sie schlucken, und wie eine Welle rauschte etwas ganz Warmes und Schönes durch sie hindurch. Seine Augen. Sie waren so warm und braun. Nicht blau? *Es war das Licht*, dachte sie und lächelte.

Noch immer hielt er sie an der Hand und zog sie zum Zeitungsladen.

„Hi Mike!“, grüßte er dort gut gelaunt den Besitzer und nahm eine Zeitschrift aus dem Regal, in der er sofort eifrig zu blättern begann. Unglaublich, dass er sich dabei immer wieder den Finger ableckte! Ob er sich das von seinem Opa abgeschaut hatte? Das Lächeln wollte gar nicht mehr von ihren Lippen weichen, so glücklich fühlte sie sich mit einem Mal.

„Harper, was soll das werden?“, fragte sie nach einer Weile, in der sich Mikes Blicke in ihren Rücken zu bohren schienen.

„Warte noch einen kleinen Augenblick! Immer diese Ungeduld, ts, ts, ts“, zog Harper sie auf und schüttelte den Kopf. „Ah, hier ist es ja schon. Hier, bitte, schau.“ Damit reichte er ihr das Blatt und tippte auf einen kurzen Artikel.

Aufmerksam flogen ihre Augen über den Text, in dem ein Gedichtband rezensiert wurde. Das Urteil war vernichtend. Der Autor konnte einem einfach nur leidtun! Das heißt – *hätte* einem leidtun können! Wäre der Verfasser der Verse nicht Brian gewesen! Brian, ihr Ex! Der selbsterkorene *irische Poet des 21. Jahrhunderts*! Ausgerechnet dieser Brian McConnaught drohte nun den jahrhundertealten Ruhm und Ruf der wahren irischer Dichter in den Dreck zu ziehen! Okay, die abgedruckten Worte waren eindeutig zu hart, schließlich war es nicht Brians Schuld, dass seine Gedichtesammlung veröffentlicht worden war, auch wenn er alles dafür getan hätte. Oder vielleicht sogar hatte. Aber … trotzdem. Brian, der Angeber, war – in den Augen der Experten - eine glatte Null! Ein Nichts! Ein Versager!

Es dauerte, bis diese Neuigkeiten sackten. Dann begannen ihre Hände zu zittern, anschließend erfasste das Blubbern ihren Bauch und schließlich ihre Brust, bis sie lauthals los gackerte.

„Ach du meine Güte! Das ist ja unglaublich! Das ist so was von enorm!“. rief sie und wischte sich mit den Handrücken Lachtränen aus den Augen. „Der Arme muss echt am Boden zerstört sein.“

Ja, das musste er und beinahe tat er ihr leid. Aber nur beinahe, denn sie war so mit ihrer Schadenfreude beschäftigt, die sich mit großer Erleichterung paarte, dass sie erst nach einer Weile bemerkte, dass Harpers Hand auf ihrer Schulter lag. Sie hielt inne und wurde ganz ruhig. Ihr Lachen verebbte und wurde zu einem seligen Lächeln.

Leise sagte sie: „Danke, Harper, dass du mir den Artikel gezeigt hast. Jetzt weiß ich, dass ich mich vor seinem Urteil nicht verstecken und mich deswegen nicht mickrig fühlen brauche.“

Ernst sah sie ihn an und hatte diesmal das Gefühl, als würden seine Augen sie wie Samt streicheln.

Ebenso ruhig und die Welt um ihn herum vergessend antwortete er: „Das freut mich zu hören. Denn eins steht fest: Das musst du ganz bestimmt nicht.“

„Du hättest aber auch einfach eine Zeitung mit nach Hause bringen können …“, stellte sie in fragendem Ton fest, während ihr Blick mit seinem verschmolz.

„Ja, das hätte ich. Aber dann hätte ich keine Ausrede gehabt, dich aus dem Haus zu ziehen und zu einem deiner berühmten Spazier-Läufe zu überreden.“

Seine Augen leuchteten, und übermütig blitzte die Lebenslust darin auf. Er war so verschmitzt, dass ihr warm ums Herz wurde und sie lachen musste.

„Ach, so ist das!“

„Ja, genau so ist das!“, entgegnete er ernst.

„Dann versuch aber, diesmal mit mir mitzuhalten!“, rief sie ausgelassen, grüßte Mike und rauschte flotten Schrittes in Richtung Kanal. Harper hielt tapfer mit und war die gesamte Zeit direkt neben ihr. Ja, er wich ihr auch dann nicht von der Seite, wenn sie sich an anderen Fußgängern vorbeischlängeln mussten.

Es gab so vieles, was sie sagen wollte, dass sie am Ende gar nichts sagte, und so hatte sie Gelegenheit, herauszufinden, dass mit Harper auch Schweigen schön war. Sie erreichten den Kanal und blieben stehen. Ruhig und glitzernd lag das Wasser in der goldenen Abendsonne vor ihnen. Ein lauer Wind wehte und brachte den Geruch des Meeres mit sich. Möwen zogen ihre unermüdlichen Kreise über ihnen, Elstern saßen auf Bäumen oder pickten im Gras.

„Weißt du, ich bin normalerweise echt nicht schadenfroh“, meinte sie nach einer Weile. „Er tut mir auch leid, aber ich kann einfach nicht anders, als mich darüber zu freuen. Die Frau, mit der er in Park unterwegs war, Gemma, das ist die, mit der er mich betrogen hat.”

„Die? Oh, das tut mir leid.“ Harpers Stimme war ernst und voller Mitgefühl. „Aber dann hat er so einen Verriss doch erst richtig verdient, finde ich! Das war noch gar nicht genug, so ein mieser Sack ist das!“

„Was?“ Alexandra gluckste. „Findest du echt?“

„Und ob! Auf alle Fälle. Wobei sein Fremdgehen nur mal wieder beweist, wie unerträglich dumm er ist“, beteuerte Harper und nickte zur Bekräftigung.

In dem Moment barsten tausend junge Schmetterlinge aus ihren Kokons, falteten die Flügel auf und flatterten wie im Zeitraffer hoch.

Wollte Harper tatsächlich das sagen, was sie zu verstehen meinte?

„Man glaubt ja gar nicht, wie viele Menschen fremdgehen“, sagte sie schließlich und fragte sich, warum sie das gesagt hatte.

„Hm. Ich nicht. Ich bin noch nie fremdgegangen und habe es auch nicht vor. Entweder man entscheidet sich für eine Person oder man macht deutlich, dass es nichts Ernstes ist. Wenn man sich entschieden hat, steht man dazu. Aus. Ende. Amen.”

Das klang so simpel. So einleuchtend. Und diese Worte aus seinem Mund!

„So einfach ist das?“, fragte sie leise und mit nur einem kleinen Hauch von Zweifel.

„Ja, so einfach ist das“, versicherte er in einem Ton, der seine felsenfeste Überzeugung ausdrückte.

10 Harper

War sie mehr als einmal betrogen worden? Harpers Gedanken kreisten nicht zum ersten Mal um diese Frage, als er am folgenden Nachmittag einen handgeschriebenen Zettel unter ihrer Tür durchschob. Anschließend saugte er die Wohnung, wischte, putzte das Bad, räumte auf, was aufgeräumt gehörte, und machte sich daran, das dünne Kalbfleisch noch dünner und zarter zu klopfen. Dann schlug er in einer Schüssel zwei Eier schaumig und schüttete Semmelbrösel in eine andere. Es war nicht leicht gewesen, die Zutaten in Dublin zu finden, aber in einem deutschen Delikatessladen hatte er Glück gehabt. Wiener Schnitzel mit Pommes war seit jeher sein Lieblingsgericht. Er wusste, dass Alexandra ihre *Chips*, wie die Pommes hier hießen, liebte, und da beides relativ leicht zuzubereiten war, hatte er sich dafür entschieden. Und für einen Gurkensalat.

Während er die Gurke in dünne Scheiben hobelte, fragte er sich, ob sie überhaupt kommen würde. Was, wenn nicht? Und, wann, zum Teufel, hatte er sich zuletzt solche Mühe für eine Frau gegeben? Noch nie, oder?

Machte er sich nicht komplett lächerlich?

Aber er wollte sie einfach besser kennenlernen! Er wollte in Ruhe mit ihr reden. Überall anders war es zu voll und zu laut. Hier brauchte sie nur die Treppe hinaufgehen und schon war sie da! Einfacher konnte er es ihr nicht machen, oder? Oder war gerade das schwer? Mit einem Mal hatte er das Gefühl, absolut nichts von Frauen zu verstehen. Die kurzen, meistens auf ein paar Stunden beschränkten Abenteuer hatten ihn in keiner Weise auf das vorbereitet, was ihn in Dublin erwartete. Auf eine Frau wie Alexandra konnte man sich nicht vorbereiten.

Er hatte sie zu acht Uhr eingeladen. Noch dreißig Minuten! Um nicht die ganze Zeit auf ihre Schritte zu horchen und langsam, aber sicher den Verstand zu verlieren, drehte er die Musik lauter.

Geschwind nahm er noch eine Dusche und zog sich anschließend eine frische Jeans und ein frisches T-Shirt an. Zu seinem Entsetzen wurde ihm bewusst, dass sein Outfit gut und gern die Hälfte des Monatsgehalts eines durchschnittlichen Angestellten gekostet hatte. Ob sie das erkannte? Bislang hatte sie sich nicht dazu geäußert; aber vielleicht hatte sie ihn deswegen anfangs so argwöhnisch behandelt. Sie schien nicht der Typ Frau zu sein, der sich viel aus teuren Marken machte. Da war sie völlig anders als Susan, bei der er schon von Weitem die Dollarzeichen in den Augen sah. Überhaupt war Alexandra anders als alle Frauen, die er kannte, und genau das machte ihren Reiz aus.

Verdrossen betrachtete er seinen Haarwuchs, dessen Geschwindigkeit seiner Meinung nach sehr zu wünschen übrig ließ. Die spärlichen Stoppeln sahen so erbärmlich aus, dass er immer noch mit dem Cap herumlief, es sei denn, er war allein.

Drei vor acht. Wo war das Feuerzeug? Sollte er die Kerzen überhaupt anzünden oder war das zu viel des Guten?

Huach! Vor Schreck ließ er das Feuerzeugfallen. Sein Telefon! Warum kam sie nicht einfach herauf? Sollte er überhaupt rangehen? Bestimmt sagte sie ab!

„Ja?“, fragte er mit angehaltenem Atem.

Doch statt Alexandras Sopran tönte Marcs Bass aus dem Handy. „Harvey, alter Junge! Du wolltest dich doch melden und mir sagen, wo ich dich heute abholen kann! Schon vergessen?“

Harvey wurde heiß und kalt. Natürlich hatte er ihn nicht vergessen, sondern nur erfolgreich verdrängt. „Marc!“, stammelte er. „Mann, hast du mich erschreckt! Gerade ist es ganz schlecht. Ich kann momentan überhaupt nicht. Ich melde mich morgen bei dir, okay?“

Doch so leicht ließ Marc sich nicht abwimmeln. Düster und drohend sagte er: „Bei mir ist es auch gerade ganz schlecht.“ Er machte eine Pause und plärrte dann so laut: „Verdammt schlecht sogar, Harvey!“, dass eben dieser richtig Angst bekam. „Wer glaubst du eigentlich, wer du bist? Ich versuche hier alles, um dich aus der ganzen Scheiße rauszuhalten, aber das kümmert den gnädigen Herrn rein überhaupt nicht!“

„Nein, tut es nicht”, antwortete Harper so gefasst und freundlich wie er konnte.

Marc holte tief Luft. Dann ballerten die Worte wie aus einem Schnellschussgewehr über den halben Kontinent: „10,3 Millionen für den Vertragsbruch! Dazu vier für mich. Noch drei für die geplatzten Konzerte. 17,3 Mille für deine Spinnereien. Ist es dir das wert? Ist es das, was du willst? Alles, was wir Jahre lang aufgebaut haben, einfach so zu zerstören?“

„N – ja …“, setzte Harper an, wurde jedoch von Marc niedergebrüllt. „Denk erst mal nach, bevor du was sagst, falls in deinem Mikrobengehirn noch eine Zelle übrig ist!”

„Ich hab dich schon verstanden“, antwortete Harper so ruhig er konnte, aber sein Magen spielte verrückt, und das lag nicht an der Unsumme, die Marc ihm an den Kopf geworfen hatte, sondern an dem Minutenzeiger der Küchenuhr, der auf die Zwölf vorgerückt war.

„Hey, Marc, ich bin dir echt dankbar für alles. Aber ich brauche hier noch ein bisschen. Ich muss mal einen klaren Kopf kriegen und kann jetzt nicht weg. Es geht einfach nicht, verstehst du das denn nicht?”

„Was soll der Schweiß? Du *kannst* nicht länger bleiben! ES. GEHT. NICHT!”

„Mann! Natürlich geht es! Du kriegst doch immer alles hin. Bitte, Marc. Nur noch zwei Wochen, okay? Und bitte glaub mir: Ich rufe dich morgen wieder an. Ganz bestimmt. Aber lass mich jetzt in Ruhe, okay?”, flehte er und war kurz davor, sich zu übergeben.

„Ich lasse dich jetzt suchen! Das muss ich mir nicht gefallen lassen, dass ich seit Tagen nicht weiß, wo du dich herumtreibst. Ich bin für dich verantwortlich, Herrgott noch mal.“

Bist du nicht, fluchte Harper innerlich und erstarrte, denn genau in dem Moment klopfte es an der Tür.

Fiebrig flüsterte er ins Telefon: „Bitte, lass mich jetzt, Marc. Bis morgen, versprochen!“

Schnell legte er auf, straffte die Schultern, atmete tief durch und ging zur Tür.

Alexandra.

Sie war gekommen.

Und wie. Sie sah einfach umwerfend aus. Aber tat sie das nicht immer? Sie lächelte ihn an, und das war nicht immer der Fall. Sie hatte einen Teil ihrer langen, blonden Haare im Nacken zusammengefasst, sodass der Rest in weichen Wellen über ihre Schultern fiel. Dazu trug sie ein schlichtes, blaues Kleid mit einem runden Ausschnitt und dazu eine lange, goldfarbene Kette, an der ein leuchtend roter Vogel mit ausgebreiteten Flügeln baumelte. Wie wohl definiert ihre sanft gebräunten Arme waren! Harper ließ den Blick weiter an ihr herabwandern und stellte fest, dass das Kleid bis zu ihren Knien reichte. Wie schon so oft bewunderte er ihre schlanken Beine und fand die goldfarbenen Sandalen an ihren Füßen ebenso bezaubernd wie alles andere an ihr.

„Hallo!“, begrüßte er sie mit einiger Verzögerung und lachte verlegen.

„Ähm ... Hallo! Wie du siehst, habe ich deine Nachricht erhalten“, antwortete sie nicht minder schüchtern und knickste kokettierend.

„Oh, das freut mich aber sehr. Dann darf ich bitten?“, stieg er auf den Tonfall ein und machte eine kleine Verbeugung, um sie hereinzubitten.

Lächelnd schwebte sie an ihm vorbei in die Wohnung.

„Es freut mich, dass du hier bist“, sagte er, um die Stille zu beenden, und versuchte, sie so heimlich wie möglich erneut von Kopf bis Fuß mustern. „Ich habe mir schon überlegt, ob Mike, der Zeitungsverkäufer, mit mir essen würde, falls du ... falls du was anderes vorgehabt hättest.“

„Oh … Im Ernst?”, gab sie lachend zurück und ihre Augen blitzten schelmisch. Sie schien sich wohlzufühlen, was ihn ganz besonders freute.

Da sie die Wohnung ja bereits kannte, sah sie sich nach Veränderungen um, nickte hier und dort und ging ohne Aufforderung in das Wohnzimmer, in dem Harper den Esstisch schön gedeckt hatte. In einem schlechten Kompromiss hatte er nur eine Kerze angezündet, was, wie er nun feststellte, einfach lächerlich aussah. Doch ihr schien es zu gefallen.

„Oh, wie schön!“, lobte sie ihn leise und mit freudig überraschtem Blick, der gerade den auf Eis gestellten Champagner registrierte.

„Ich bin noch nicht ganz fertig“, beeilte er sich nun zu sagen und zündete die restlichen Kerzen an.

Alexandra neigte den Kopf und berührte mit den Fingerspitzen sanft ihr Schlüsselbein, das unter dem breiten Ausschnitt sehr verführerisch zur Geltung kam.

„Sie versuchen aber nicht, mich zu verführen?“, fragte sie kokett.

„Aber selbstverständlich tue ich das“, antwortete er galant, fügte dann frech und mit einem Zwinkern hinzu: „Oder wozu denkst du, dass ich dieses Hemd extra gebügelt habe?“

Darauf ging sie nicht ein, sondern senkte nur stumm den Kopf. Dass sie dabei lächelte, beruhigte ihn ungemein, und er führte sie zu dem breiten L-förmigen Sofa, worauf sie etwas schüchtern Platz nahm, sich dann aber entspannt zurücklehnte und die Beine übereinander schlug. Harper setzte sich ihr gegenüber auf die kurze Seite und legte die Hände auf seine Oberschenkel.

„Oh, bevor ich es wieder vergesse! Ich wollte dich etwas fragen“, sagte sie völlig unvermittelt. Sofort jagten die wildesten Gedanken durch seinen Kopf und sein Puls raste. Hatte sie etwas über ihn herausgefunden? Und wann wäre der richtige Zeitpunkt, sie in sein Geheimnis einzuweihen? Jetzt war es zu früh, das hatte er sich bereits überlegt. Aber vor dem ersten Kuss? Nach dem ersten Kuss? Wie würde sie reagieren? Wäre es überhaupt wichtig? Wenn sie ihn besser kannte, wenn sie mehr von ihm sah als nur das Outfit, dann! Dann würde er ihr reinen Wein einschenken, aber noch nicht jetzt, da er sich durch die Enthüllung die Chance verbauen würde, sie richtig kennenzulernen.

„Was denn?“, krächzte er. Sein Blick flatterte unruhig hin und her.

„Wie heißt du eigentlich mit Nachnamen?“, wollte sie wissen und reckte neugierig das Kinn in die Höhe.

„Wie bitte?“, platzte es aus ihm heraus. Dann lachte er lauthals los, nervös und erleichtert zugleich.

„Wie du mit Nachnamen heißt. Das weiß ich nicht. Und ich finde es eigenartig, da du doch bei uns wohnst.“ Sie zog eine Schnute und verschränkte die Arme vor der Brust.

Sein Blick raste zum Bücherregal und das Erste, was seine Augen erspähten und was sein zum nüchternen Denken unfähiges Gehirn prozessierte und sein Mund ausspuckte, war „Schopenhauer“. Auch ihm kam der Name unsagbar steif und fremd über die Lippen.

„Schopenhauer?“, wiederholte sie überrascht, oder ungläubig, das konnte er nicht genau deuten. Sie rutschte auf der Couch nach vorne und fragte. „Bist du etwa mit *dem* Arthur Schopenhauer verwandt?“

„Wie bitte? Nein! Wie kommst du darauf?“ Um von dem leidigen Thema abzulenken, griff er nach der Champagnerflasche und füllte beide Gläser mit der perlenden Flüssigkeit.

„Es ist ein sehr seltener Name, oder nicht? Ich habe noch nie jemandem kennengelernt, der so heißt.“

„Du lebst ja auch nicht in Deutschland, oder? Aber jetzt kennst du ja mich!“, antwortete er mit einem möglichst natürlichen Grinsen, das aufgrund der Absicht bestimmt erst recht unnatürlich aussah. „Auf uns! Auf Murphy und Schopenhauer!“, prostete er ihr zu und reichte ihr ein Glas, das sie mit einem entschlossenen Nicken entgegennahm.

„Auf einen schönen Abend“, sagte sie, stieß ihr Glas sacht an seins und sah ihm ebenso tief in die Augen wie er ihr.

„Bist du eigentlich in Berlin aufgewachsen?“, erkundigte sie sich nach dem ersten kleinen Schluck.

„Nein. Ich bin in einem kleinen Dorf geboren und aufgewachsen. Nach Berlin bin ich nach der Schule gezogen.“

„Fürs Studium?“

„Ja, genau!“, antwortete er und hustete. „Und du? Bist du in Dublin geboren?“

„Nein. Ich bin aus Clane im County Kildare und auch erst für das Studium hierhergekommen. Und geblieben!“, lachte sie und drehte die Handflächen in Richtung Decke.

„Wegen deiner Freunde?“

„Ja.“ Sie nickte und lächelte sanft. „Uns bringt niemand und nichts auseinander.“

„Mhm … Freunde sind sehr wichtig im Leben“, sagte Harper und dachte an Luca und Tom, von denen er seit dem Zwischenfall noch kein Sterbenswörtchen gehört hatte.

„Das sehe ich genauso. Es ist schwer, jemand anderem zu vertrauen“, sagte sie nachdenklich und schaute auf ihre Hände.

„Mhm … Dir fällt es nicht leicht, Menschen zu vertrauen, oder irre ich mich da?“, fragte er leise, zog ein Bein auf die Couch und drehte sich näher zu ihr.

„Nein, da hast du schon recht. Es fällt mir ganz und gar nicht leicht. Aber den fünfen, also, einschließlich Darragh, der ja zurzeit auf Reisen ist, kann ich vertrauen. Sonst niemandem.“

Harper nickte, als ihn großes Mitgefühl überkam.

„Und du? Kannst du leicht vertrauen?”, fragte sie, hob den Blick und schaute ihn aus treuen Augen an.

„Ja“, seufzte er. „Vielleicht zu leicht. Aber ich kann einfach nicht anders, als immer nur das Gute in Menschen zu sehen.“

„Im Ernst? Kannst du die ganzen Fehler einfach so ignorieren?“

„Das weiß ich nicht. Ich tue es einfach. Ich sehe sie nicht.”

„Wow“, staunte sie mit weit geöffneten Augen.

„Ich vertraue Menschen von Anfang an und warte dann, bis - und ob - sie mich vom Gegenteil überzeugen.“

„Hoffentlich tun das nicht zu viele“, sagte sie einfühlsam und lächelte.

„Zum Glück bis jetzt noch nicht“, antwortete er sanft, bevor er ganz ruhig wurde und ihr tief in die Augen schaute. Unendlich langsam lehnte er sich zu ihr hinüber und schluckte, bevor die Zeit still zu stehen schien, denn auch sie beugte sich zu ihm. Ihre gespitzten Lippen berührten sich beinahe, als ein Poltern und Krachen im Treppenhaus sie auseinanderfahren ließ. Lautstarke irische Flüche folgten und schon bald war klar, dass Rick seine Joghurtbecher hatte fallen lassen. Kichernd sahen sie sich an, bevor sie verlegen mit ihren Händen spielten und nicht so recht wussten, was sie tun sollten.

Wie wunderschön sie ist, dachte er*, so anmutig und verletzlich.* So gern hätte er sie in die Arme geschlossen, eine Wange an ihre gedrückt und sie beruhigend hin und her gewiegt. Stattdessen steckte er eine Hand in seine Hosentasche und betrachtete Alexandra eine Weile schweigend. Ihre Hände lagen in ihrem Schoß und spielten nervös mit einer Kordel, die an den Rändern der Tagesdecke angebracht war.

Nach einer Weile, in der sie so nebeneinander gesessen hatten, mutmaßte Alexandra: „In deinem Kopf muss ganz schön viel Ruhe herrschen, hm?“

Harper lachte und fragte in einer Mischung aus Belustigung, Fürsorge und dem Wunsch, ihr die Unruhe zu nehmen: „Rast in deinem gerade alles?“

Sie stieß einen heiseren, krächzenden Laut aus, sah ihn stumm an, schloss ihre vollen Lippen und gestand nachdenklich: „Nicht so schnell wie normalerweise.”

Daraufhin antwortete auch er nicht sofort, sondern bewunderte sie weiterhin stumm vor sich hin lächelnd, bevor er sagte: „Das freut mich. Ich hoffe, du weißt, dass du mir nichts beweisen musst. Ich mag Menschen immer nur so, wie sie wirklich sind. Authentisch, verstehst du?“

Ohne darüber nachzudenken, streckte er seine Hand nach ihr aus, unterbrach die Bewegung jedoch in der Luft. Alles in ihm strebte nach ihr, wollte sie berühren, halten und ihr die lose Strähne hinters Ohr streichen.

„Wer sagt denn, dass ich das versuchen würde?“, flüsterte sie mit nur einem Hauch von Trotz, aber umso mehr Zutraulichkeit in der Stimme, die am Ende brach und das „würde“ nicht mehr ganz aussprach. Harpers Gesichtsausdruck wurde ernst, während sein Blick ihren wie eine starke, weiche Hand hielt. Dann nickte er und wusste, dass beide die wahre Antwort auf ihre Frage kannten.

Der Drang, sie endlich zu küssen, wuchs ins Unermessliche. Er war ihr so nahe, dass er ihren Atem auf seiner Haut spürte. Wie stark das kribbelte! Vor Erregung richteten sich die feinen Härchen auf. Und wie gut sie roch! Frisch und lieblich wie der Frühling. Unendlich zärtlich berührte seine Hand ihren Hals, als das Telefon läutete. Himmel! Das durfte doch nicht wahr sein! Er beschloss, es zu ignorieren, doch sie machte dieses Vorhaben unmöglich, indem sie fragte, ob er nicht rangehen wollte.

„Nein“, murmelte er mit geschlossenen Augen nah an ihrem Mund.

„Vielleicht ist es wichtig“, wandte sie ein und wich zurück.

Schon wieder war die Chance vertan! Konnte sie am Ende hexen, weil sie ihn gar nicht küssen wollte? Wer konnte das sein? Bestimmt nur wieder Marc!

„Komm, geh ran. Das ist nicht höflich“, forderte sie ihn geradezu dazu auf - wenn auch unwissend -, in sein Unglück zu rennen. Warum nur hatte er es nicht ausgeschaltet?

„Dann muss ich wohl“, seufzte er und stemmte sich mit den zu Fäusten geballten Händen vom Sofa hoch. „Entschuldige bitte kurz.” Er ging zum Sideboard, wo sein

Handy lag. Mitten im Schritt drehte er sich um, zwinkerte ihr zu und sagte mit belegter Stimme: „Aber du bleibst, wo du bist!”

Dann nahm er das Telefon, hielt es ans Ohr und zischte im Hinausgehen: „Lass mich endlich verdammt noch mal in Ruhe!”

„Das mache ich, wenn du mir sagst, wann du aus Dublin zurückkommst“, antwortete Marc mit der Kälte einer in der Arktis treibenden Scholle.

11 Alexandra

Das Telefonat war zwar kurz, aber sichtlich beunruhigend für Harper, denn als er zurückkam, war er wie ausgewechselt. Er stellte sich an den Herd, lächelte kurz angespannt, kippte sein Glas Champagner auf ex, schenkte sich erneut ein und wiederholte den Vorgang.

„Was ist denn?“, fragte sie besorgt und zögerte, ob sie ebenfalls aufstehen oder nach wie vor sitzen bleiben sollte.

„Nichts, ach, nichts“, wich er aus. „Alles in Ordnung. Hast du Hunger? Ich könnte einen Bären vertilgen.”

„Wenn es ein kleiner ist, bin ich dabei! Also gut, wenn nichts ist, dann essen wir, was du Gutes vorbereitet hast.“

„Gut. Schön. Dann bitte ich dich als Erstes, Platz zu nehmen und geduldig zu warten“, forderte er sie auf, stellte sich hinter einen Stuhl und zog ihn heraus, damit sie sich setzen konnte. Wieder lächelte er, nun leider sehr angespannt. Er schaltete den Herd an und gab Bratfett in die beiden großen, bereit stehenden Pfannen. Während er wartete, dass es schmolz, offenbarte er doch, was ihn so bedrückte:

„Es kann sein, dass ich bald zurückfliegen muss."

„Für immer?" Erschrocken fuhr sie hoch und starrte ihn aus großen Augen an.

„Nein, nein! Nicht für immer. Nur vorrübergehend, bis alles wieder okay ist. Ich weiß aber nicht, wie lange das dauert."

„Wie – bis alles wieder okay ist?"

„Ach, nichts Ernstes. Nur ein kleines PR-Problem mit einem unbedeutenden Möchte-Gern-Sternchen, das sich für wichtig hält und mir leider sehr viel Geld bringt."

„Ach so! Die Arbeit! Das lässt sich doch bestimmt alles einrenken, oder nicht?"

„Oh ja, bestimmt! Ist alles nur eine Frage der Zeit und des Geldes. Also, ich hoffe, du magst Kalbfleisch?"

„Kalbfleisch?", staunte sie. „Natürlich! Was für eine Delikatesse! Du verwöhnst mich aber."

„Sehr gut, das wollte ich hören. Es hat sein Leben auf einer satten, grünen Weide verbracht und – du weißt, es ist gutes Fleisch."

Machte er sich nur ihretwegen darüber Gedanken oder war er wirklich so besorgt um das Wohl der Tiere und der

Erde? Er legte in jede der beiden Pfannen ein Stück Fleisch. „Diese beiden Schnitzel“, erklärte er dabei, „ habe ich selbst paniert. Sie sind butterweich und werden dir hoffentlich schmecken, ebenso wie die hausgemachten Pommes!“

„Oh, wow! Echt? Das hast alles du selbst gemacht? Ich hätte gar nicht gedacht, dass in dir ein Hobbykoch steckt!“, staunte sie begeistert. Sie konnte sich gar nicht sattsehen an dem Mann, der ihr einst so oberflächlich und dumm erschienen war und der ihr nun eine so verletzliche, häusliche Seite zeigte.

„Nur ein wenig. Wart erst mal ab, ob es dir überhaupt schmeckt.“

Das Fett in der Fritteuse war heiß genug, sodass er das Sieb mit den Kartoffelstücken hineinhängen konnte. Er wendete die Schnitzel, die er kurz darauf auf einen vorgewärmten Teller legte und zudeckte.

Dann holte er die Salatschüssel aus dem Kühlschrank, entfernte die Klarsichtfolie und mischte das ebenfalls selbst gemachte Dressing darunter. Alexandra konnte sich gar nicht sattsehen an seiner Hingabe, mit der er all das tat.

„Im Ernst, Harper, du hast dir ja richtig viel Arbeit gemacht! Dankeschön!“

„Nicht der Rede wert. Gern geschehen!"

Er holte die Pommes aus dem Fett, ließ es abtropfen, kippte sie in eine Schüssel, gab Salz darüber und stellte sie neben den in Irland unerlässlichen Essig, die typisch deutsche Mayonnaise und das internationale Ketchup auf den Tisch. Dann brachte er die Schnitzel, setzte sich und wünschte Alexandra: „Einen guten Appetit! Ich hoffe, du sprichst morgen noch mit mir!"

Andächtig und gespannt schnitt sie den ersten Bissen ab und führte ihn zum Mund. Dann schloss sie verzückt die Augen und ließ das butterweiche, hauchdünne Fleisch auf der Zunge zergehen. Zumindest, soweit das möglich war.

„Himmlisch. Einfach himmlisch", seufzte sie.

Verlegen lachte er und sah sie über den Tisch an. „Danke, Alex. Ich freue mich echt, dass es dir schmeckt."

„Und wie", beteuerte sie und spießte genüsslich ein paar Pommes auf. „Und wie."

„Also, wenn du in Dublin bleiben willst", nahm sie nach einer Weile den Faden wieder auf, „ich meine – du als digitaler Nomade – du kannst doch von überall arbeiten, oder? Warum nicht auch von hier?"

„Ich – ganz so einfach ist es leider nicht. Ich muss nach Berlin und persönlich mit den Journalisten sprechen und dergleichen. Per Skype oder am Telefon geht das nicht so gut, weißt du?“

„Ist der Star, den du betreust, also doch nicht so unwichtig?“, fragte sie ehrlich interessiert.

Gerade als er antworten wollte, verschluckte er sich an etwas.

„Ja“, würgte er hervor. „Aber nur national. Also, nur im deutschsprachigen Raum.”

„Ach so. Aber so klein ist der Markt ja nun auch wieder nicht, oder?“

„Groß genug, würde ich sagen!“

„Das ist der Optimist!“, konterte sie, denn sie maß alles am englischsprachigen, der bekanntermaßen enorm war. „Oder wäre dir ein größerer zu viel Arbeit?“

„Beides“, gab er unumwunden zu. „Man muss seine Grenzen kennen. Was hilft es einem, wenn einem die ganze Welt gehört …“

„… und man dabei sein Herz verliert“, vollendete sie sinngemäß, woraufhin er nickte.

„Ganz genau. Man braucht gar nicht so viel, wie wir glauben oder wie man uns immer weismachen will. Was wir brauchen, ist mehr Zeit, Ruhe, Freude. Mehr Zeit auch für uns selbst, zum Nachdenken, zum Wertschätzen, zum

Genießen. Dieses ewige Streben nach mehr und noch mehr, das führt letztendlich nur zu Stress und Unzufriedenheit.“

„Hm“, sinnierte sie, denn das war das Letzte, was sie von Harper Schopenhauer erwartet hätte. „Du überraschst mich immer wieder“, gestand sie und schaute ihm scheu in die Augen.

„Im Ernst? Warum denn?“

„Nun, weil ich diese Ansicht nicht von dir erwartet hätte.“

Er legte das Besteck beiseite und schaute sie lange nachdenklich an. „Ich glaube, du hast vieles nicht von mir erwartet. Oder nur das Falsche.“

Mit schamroten Wangen zuckte sie die Schultern und nahm einen weiteren Bissen des köstlichen Schnitzels. Wie peinlich! Er hatte sie restlos durchschaut. „Sorry, es tut mir leid. Ich wollte dir nicht zu nahe treten.“

„Keine Sorge. Das bin ich gewohnt. Es geht nämlich fast allen Menschen so.”

Peinlich berührt schwieg sie und starrte auf den Teller, bis er weitersprach: „Im Ernst, Alex. Ich weiß selbst, dass ein erster Eindruck wichtig ist und dass das Äußere sehr wohl etwas über den Menschen aussagt. Oder zumindest aussagen soll. Es kleidet sich doch jeder so, wie es zu seinem Typ und Selbstbild passt, oder?"

„Na ja – klar!", sagte sie erleichtert und schaute ihn hoffnungsvoll an, denn er schien ihr ihre Voreingenommenheit tatsächlich nicht nachzutragen.

„Man will ja so gesehen werden, wie man sich zeigt."

„Ja!", stieß sie erleichtert hervor. Dann war sie doch keine so schlechte Person!

„Nur manchmal liegen andere Umstände vor. Für die Frisur … also, die hätte ich mir nicht selbst ausgesucht."

„Nein?", rief sie entzückt.

„Nein. Sicher nicht. Sie war das Ergebnis einer durchzechten Nacht." Sein Mund grinste, aber sein Blick schweifte in die Ferne.

„Aah … die Glatze oder das davor?", fragte sie nervös kichernd und spürte, dass etwas Unwillkommenes im Raum immer größer und mächtiger wurde.

„Das davor", war seine einsilbige Antwort, bevor er mehrere Pommes aufspießte und sie sich quer in den Mund schob, sodass er für längere Zeit nicht mehr sprechen konnte.

„Verstehe", sagte sie schließlich, verstand aber in Wahrheit gar nichts, sondern suchte vergeblich nach einer

Möglichkeit, die Unterhaltung am Laufen zu halten und die Stimmung vor dem Erfrieren zu retten.

Was nur hatte die so vertraute und romantische Stimmung so schnell kippen lassen?

„Es tut mir leid, aber an einen Nachtisch habe ich nicht gedacht“, gestand er, als sie alles bis auf den letzten Bissen verspeist hatten.

Alexandra nickte stumm und stand auf. Das war ein unmissverständliches Zeichen dafür, dass er ihre Gesellschaft zwar schätzte, oder bis zu einem gewissen Zeitpunkt geschätzt hatte, nun aber allein sein wollte.

Er sah so sexy und gleichzeitig hilflos verloren aus, wie er so da stand, die Hände in den Taschen, die Schultern hochgezogen, und dann dieser Blick. So weich und sehnsuchtsvoll. So gern wollte sie ihn berühren, ihn in die Arme nehmen und ihn beruhigen. Gleichzeitig wünschte sie sich nichts mehr, als dass er sie endlich küssen würde. Aber das tat er nicht. Stattdessen stand er nur stumm mit in den Hosentaschen geballten Fäusten und durchgedrückten Ellbogen da.

„Vielen Dank für das feine Essen und den schönen Abend“, sagte sie zögernd.

„Vielen Dank, dass du da warst!“, antwortete er und klang ehrlich dabei. Nur das Lächeln fiel ihm sichtlich schwer. Sacht berührte er ihren Arm, allerdings nur kurz. Zu kurz. Verwundert schaute sie auf die Stelle, an der sich eine leichte Gänsehaut gebildet hatte, und wünschte, er würde sie erneut berühren und nicht mehr loslassen. Doch da drehte er sich schon zur Tür und machte somit klar, dass sein Wunsch, allein zu sein, unumstößlich war. Mit einem Mal fühlte sie sich, als würde alle Kraft, alles Licht und alle Wärme aus ihr herausgesaugt. Sie fröstelte und fühlte sich leer und dunkel. Vergeblich hoffte sie darauf, dass er etwas, irgendetwas tun würde, um ihr das zärtlich schwebende Gefühl von vorhin auf dem Sofa zurückzugeben. Doch er tat nichts dergleichen, sondern sagte lediglich mit belegter Stimme: „Gute Nacht, und schlaf gut, Alexandra.“

„Gute Nacht”, antwortete sie traurig, schluckte und ging, ohne sich noch einmal umzusehen, in ihre Wohnung hinunter.

Dort angekommen ließ sie es endlich zu, dass ihre Kiefer und Wangen vor Unverständnis und Schmerz zitterten und Tränen über ihre Wangen flossen. Verdammt! Sie wollte doch nicht mehr weinen und nicht mehr zulassen, dass sie sich wegen eines Mannes, oder überhaupt wegen irgendjemandes, so einsam und zurückgewiesen fühlte! Aber sie konnte nicht anders. Sie verstand nicht, was in ihn gefahren war, suchte die Ursache bei sich und fühlte sich in keiner Weise liebenswert. Immer stärker zitterte sie und schluchzte leise vor sich hin. Wann immer sie an Zuneigung von jemandem außerhalb der Clique glaubte, wurde sie enttäuscht. Etwas stimmte mit ihr nicht, nur wusste sie nicht, was es war.

Sogar in Dublin war es um die Sonnenwende bereits fast dunkel, als sie sich beruhigte und Susan unter ihr das Wohnzimmerfenster schloss. Ohne nachzudenken lief Alexandra zu ihr hinunter und klopfte schnell an.

Mit einem nachtblauen Seidenpyjama bekleidet öffnete Susan die Tür. „Ja?“, fragte sie erstaunt. „Du bist schon da? Heute habe ich nichts von dir gehört und dich nirgends gefunden“, **warf sie ihr vor.**

„Ach, Susan! Ich bin ja so dumm …“, heulte Alexandra und schaute sie hilfesuchend an.

„Oh, nein! Was ist denn passiert?“, rief Susan bestürzt und zog sie in die Wohnung.

„Ich ...“, schnupfte Alexandra. „Also, Harper hatte mich zum Essen eingeladen, bei sich, nur mich, und ich war so dumm und bin hingegangen!“

„Er hat dich zum Essen eingeladen? Allein?“, fragte Susan mit ungläubig verengten Augen.

„Ja“, schniefte Alexandra.

„Und dann?“, fragte Susan atemlos. „Hat er dir was angetan? Hat er …?“

„Nein, nein!“, wehrte Alexandra umgehend ab. „Es ist gar nichts passiert. Absolut nichts. Das ist ja das Schlimme! Ich bin so unsagbar wütend auf mich selbst!”

„Aber warum denn nur?“ Ihre Freundin schien nur Bahnhof zu verstehen, setzte sich aber auf die gemütliche Couch und klopfte auffordernd mit der flachen Hand neben sich.

„Ach, weil ich wieder mal so fürchterlich dumm war!“, fauchte Alex, nahm schwungvoll die schwere Whiskey-Karaffe, die Susan mal als Geschenk für Richard irgendwo ersteigert, dann aber nicht an den Mann gebracht hatte, und goss sich ein großzügiges Glas ein. Sie nahm einen Schluck, verzog das Gesicht und erzählte weiter: „Weißt du, ich verfluche mich dafür, dass ich mich in ihn irgendwie, na, irgendwie verliebt habe und es so weit habe kommen lassen, dass er mir so weh ... wehtun kann, wenn er mich dann so einfach rauswirft.“

„Er hat dich rausgeworfen?“ Susans Augen waren so groß wie ihre Espressotassen.

„Na ja, nicht direkt. Er hat da diesen ominösen Anruf bekommen und war danach total mies drauf. Wie ausgewechselt! Davor war es nämlich total schön. Wir haben uns gut unterhalten und beinahe ... aber dann ... dann war er auf einmal total verschlossen und abweisend.“ Sie nahm noch einen Schluck, schüttelte sich wieder und ließ den Kopf hängen.

„Das verstehe ich jetzt aber echt nicht. Worum ging es denn in dem Telefonat?“

„Wenn ich das wüsste!“, seufzte sie und griff erneut nach der Karaffe, doch diesmal war Susan schneller und ihre Hand landete auf Alexandras. „Hey, ich glaube, es reicht. Alkohol löst keine Probleme, und bei dir schon gar nicht!“ Streng sah sie sie an, und Alexandra fügte sich widerstandslos. „Erzähl mir lieber, was genau passiert ist.“

„Keine Ahnung! Er hat gesagt, dass es ein geschäftlicher Anruf war und dass er vielleicht bald zurück nach Berlin muss. Aber nur vorrübergehend. Irgendein Star, den er betreut, hat wohl Probleme und deswegen muss er mit Journalisten sprechen. Aber das ist doch kein großes Drama! Ich meine, das ist doch einfach sein Job, oder?“

„Ja, eben", fand auch Susan und schaute genauso verständnislos drein wie Alexandra. „Das klingt wirklich sehr eigenartig."

„Schon, oder? Irgendwie so, als ob es um eine Frau ginge."

„Du meinst, er hat dich angelogen?"

„Ja!", schniefte sie.

„Ach, komm, Alex, nein, das glaube ich nicht. Nicht alle Männer sind so mies wie ... wie fast alle, an die du gerätst, das weißt du doch!"

„Das sagst du immer! Aber nie hast du recht, wenn es um meine Auswahl geht."

„Nun ja, du hast eben kein gutes Händchen. Also, zumindest bis jetzt. Harper kann doch auch ganz anders sein. Jetzt warte doch erst mal ab. Nichts wird so heiß gegessen, wie es gekocht wird."

„Ja, ja, schon gut. Weißt du, er hat auch zu mir gesagt, dass er niemals fremdgehen würde. Vielleicht war es ja wirklich seine Freundin und er hat plötzlich kapiert, was er gerade tut und ein schlechtes Gewissen bekommen."

„Hm, das kann sein", überlegte Susan und wiegte den Kopf hin und her. „Weißt du, jetzt, da du das so sagst ... Also, er kam mir ja von Anfang an irgendwie seltsam vor.

Aber dass er auf dich steht, das ist mir schon vor einer ganzen Zeit aufgefallen.“

„Ja?“

„Ja.“

„Hm. Aber was meinst du mit *seltsam*?“

„So – na, so undurchsichtig. Als würde er etwas verbergen oder mit irgendetwas nicht ganz ehrlich sein. Dann wirkt er wieder total ausgeglichen und authentisch. Ich meine, dass er vor irgendetwas davonläuft. Warum sonst kommt jemand von Berlin hierher? Er könnte doch überall hin! Wo es wärmer ist. Und wenn er einer von diesen digitalen Nomaden ist, dann würde er doch auch von hier aus arbeiten können, oder nicht?”

„Ja, schon, aber …“

„Tut er aber nicht. Oder hast du ihn schon mal arbeiten sehen?”

„Nein“, setzte Alexandra zögerlich an, „aber wir sind untertags ja auch nicht da und vielleicht hat er gerade eine Auftragsflaute.“

„Kein Wunder, wenn er sich hier rumtreibt und nichts tut! Aber zurück zum Thema: Mir kommt es so vor, als würde er sich vor etwas verstecken.“

„Ach, ich weiß nicht … Vielleicht hatte er Zoff mit der Freundin und wollte einfach mal weg."

„Vielleicht, möglich ist alles", gab Susan wenig überzeugt zu. „Aber warum sagt er uns das dann nicht?"

„Ja, eben! Genau das ist es! Da habe ich doch mal wieder recht mit meiner Einstellung, dass es besser ist, niemandem zu vertrauen! *Ihm* jedenfalls habe ich schon zu viel vertraut!"

Susan nickte zuerst und wackelte dann mit dem Kopf. „Oder warte - vielleicht hat er auch etwas angestellt. Etwas Schlimmes! Ein Verbrechen!", ereiferte sie sich nun, sprang auf und ruderte mit den Armen.

„Ach, komm!", stöhnte Alexandra genervt und rollte die Augen.

„Naja, aber es würde erklären, warum er so nett zu dir war und dann, als er gespürt hat, dass du ihm zu nahe kommst, dich wieder loswerden wollte."

„Hm", machte Alexandra nachdenklich, aber geneigt, nichts mehr auf Susans immer abwegigere Theorien zu geben. Aus irgendeinem dämlichen Grund wollte sie Harper verteidigen und wurde schon sauer auf Susan, die sich wie ein Fähnchen im Wind drehte. Dann jedoch fiel ihr die Sache mit dem Nachnamen ein. Ob er wirklich so hieß?

Sie könnte im Internet nach ihm suchen … Da sie kein Öl ins Feuer gießen wollte, sagte sie nichts davon.

„Susan, komm. Lass gut sein. Du siehst zu viel fern. Er ist bestimmt nicht kriminell, da bin ich mir sicher."

Damit stand sie auf, ging zur Tür, drehte sich noch mal um und fügte hinzu: „Danke, Süße. Für dein offenes Ohr und den Whiskey. Schlaf jetzt gut. Es ist schon spät."

12 Harvey

„Woher zum Teufel weißt du, dass ich in Dublin bin?”, brüllte Harper außer sich am Ende einer schlaflosen Nacht ins Telefon. Bis zum Morgengrauen hatte er fieberhaft überlegt, ob er sofort nach Shanghai, Johannesburg, Rio, Miami oder einfach nur Glasgow abhauen sollte, sich dann aber doch dagegen entschieden. Zumindest vorerst. Er hatte bemerkt, wie verwirrt und verletzt Alexandra gewesen war und es hatte ihm das Herz gebrochen. Vor lauter Wut auf seinen fiesen Manager hatte er sich gesträubt, Marc sofort zurückzurufen und ihn bis eben schmoren lassen. Dabei stellte sich die Frage, wer mehr unter der Verzögerungstaktik gelitten hatte.

„Ich habe dir doch gesagt, dass ich früher oder später herausfinden würde, wo du dich rumtreibst“, antwortete Marc völlig gelassen und zog hörbar an seiner Zigarette.

„Lässt du mich ausspionieren?“, fauchte Harper, der nur zu gut wusste, dass er am kürzeren Hebel saß und schon so gut wie verloren hatte.

„Das ist nicht nötig. Das Netzwerk der Paparazzi und deiner Fans ist groß genug. Es war nur eine Frage der Zeit, bis dich jemand erkennt.“

„Erkennt?“ *Wann?*, überlegte Harvey fieberhaft. Wann und wo hatte man ihn gesehen? Bei Mike? An dem Abend, an dem sie ohne Alex was trinken gewesen waren? Ja, da musste es gewesen sein! Ein Fan, vielleicht ein deutscher Tourist, musste ihn erkannt haben.

„Ja. Erkannt. Jemand war so freundlich, dich bei einem netten Kneipenbummel zu knipsen und dein Foto ins Netz zu stellen. So ist das heutzutage nun mal.“ Harper konnte regelrecht sehen, wie Marc herablassend mit den Schultern zuckte.

So ein verdammter Mist!

„Und jetzt?“, keifte er und fuhr sich mit der Hand über seine Haarstoppeln und rieb sich den Nacken, aber das alles brachte nichts.

„Nun, wir haben zwei Möglichkeiten“, fuhr Marc noch immer wie die Ruhe in Person fort. „Entweder du kommst nach Berlin zurück, gibst Interviews, erklärst alles und fängst endlich mit den Proben für die Tournee an. Oder“, er machte eine dramatische Pause, „oder du bleibst in Dublin und wartest, bis du von einer Horde Fotografen vor der Tür auf begrüßt wirst.“ Marcs Stimme klang so sachlich, als würde er ihm den Unterschied zwischen Pilates und Yoga erklären.

Schwer atmete Harper ein. „Dass die mir hier auflauern geht gar nicht. Hier weiß niemand, dass ich in Deutschland ein Star bin, und du weißt nicht, wo in Dublin ich untergekommen bin.“

Daraufhin lachte Marc schallend. „Oh, du bist ja süß. So ein Pech aber auch. Du täuschst dich nämlich gewaltig. Du hast also Freunde gefunden?”, fragte er mit unverhohlenem Spott in der Stimme.

„Ja!“, antwortete Harper trotzig und wollte sie verteidigen. „Und sie haben mich mit offenen Armen aufgenommen. Da war es egal …“ Irrte er oder tippte Marc eifrig alles in sein Tablet? Nein! Ganz eindeutig hörte er die blechern klingenden Tastentöne, die ihn so oft in den Wahnsinn getrieben hatten. „Hey!“, brüllte er hilflos. „Was soll das? Ich dachte, du willst mir helfen!”

Seit wann waren sie keine Freunde mehr? Wie sehr er sich in Marc getäuscht hatte! Bei allem, was in den letzten

Tagen geschehen war, hatte er stets angenommen, dass sie sich wie Freunde stritten und Marc verstand, was in ihm vorging. Dem war anscheinend nicht so. Harper wurde kalt.

„Das versuche ich ja die ganze Zeit”, antwortete sein Manager mit Grabesstimme. „Aber du weißt nicht mehr, was gut für dich ist. Mir scheint, du hast den Verstand verloren.“ Spott und Mitleid schwangen in seiner Stimme mit.

„*Du* weißt nicht, was ich will!“, schnappte Harper zurück und schlug verzweifelt mit der Hand auf den Tisch.

Marc grölte hämisch und räusperte sich. „Komm einfach hierher zurück und alles wird gut. Ich verzeihe dir den Ausrutscher. Vor mir brauchst du dich nicht zu fürchten und den Rest biegen wir wieder gerade. Die Knutscherei ist eh schon Schnee von gestern.“

Verzweifelt und mit erneut wachsender Panik schüttelte Harper den Kopf, fuhr sich durch das spärlich vorhandene Haar und peste im Zimmer auf und ab.

„Ich habe keine Angst! Und es ist mir egal, was die Leute schreiben oder denken. Ich will einfach meine Ruhe haben und hier bleiben!“, schrie er panisch.

Marc schwieg lange, bevor er mit sehr kalter und schneidender Stimme erneut zu sprechen begann. „Alles, was du jetzt hast –dein Geld, deinen Ruhm, die Aussicht auf noch mehr … das alles hast du nur meinetwegen. Ohne mich wärst du nichts, das ist dir doch hoffentlich klar, oder?“

„Doch, das weiß ich, natürlich! Das weiß ich. Du hast mich erschaffen“, wiederholte Harper die Worte, die Marc ihm jahrelang wie ein Mantra eingebläut hatte.

„Genau!“, rief Marc scharf und hinterhältig wie ein Butterflymesser.

„Aber du musst doch verstehen, dass ich einfach nicht mehr kann. Dass mich das Leben im Rampenlicht kaputtmacht und dass die Rolle des braven, skandalfreien Teeniestars endgültig nicht mehr zu mir passt!“

„Das ist doch vollkommen egal!“, fauchte Marc und schlug nun seinerseits hörbar mit der flachen Hand auf den Tisch, an dem er wohl saß. „Es gibt Verträge. Verträge, die du unterschrieben hast“, fügte er einschüchternd hinzu. „Und daran wirst du dich halten!“

Harper hörte das Tappen Marcs Fingers auf der Tischplatte, als wollte er auf die Unterschrift pochen. „Du kannst da nicht so einfach raus.“

„Das werden wir ja sehen. Ich denke darüber nach“, wand Harper sich und suchte fieberhaft nach einer Lösung.

Wie viel würde es ihn kosten, den Vertrag aufzulösen? Würden die Millionen reichen, von denen er ausgegangen war? Würde alles, was er verdient hatte, draufgehen oder mehr? Würde es zu einem Prozess kommen? Er hasste Streit, aber sein Leben in Freiheit und sein Leben mit, er schluckte, ja, mit Alexandra wären es ihm wert. Geld war nicht alles.

„Lass dir dabei mal lieber nicht zu viel Zeit", höhnte Marc. „Diese Leute sind oft schneller, als man glauben möchte. Und dann, wenn sie dich erst mal in ihren Klauen haben", er machte ein Geräusch wie ein Löwe, der das Herz aus einer Antilope riss, „dann möchte ich nicht in deiner Haut stecken."

Harpers Blut stockte und sein Blick verschwamm.

„Nimm das als Warnung von einem alten Freund."

„Du bist kein Freund mehr, Marc. Dir geht's nur ums Geld", keuchte Harper, der die Dinge mit einem Schlag klar und deutlich erkannte. „Denn ohne mich bist auch du *nichts*!"

Marc lachte dröhnend, dann verschluckte er sich und dann war die Leitung tot.

Ein kalter Schauer nach dem anderen lief über Harpers Rücken. Alexandra. Sie würde ihm nie verzeihen, falls sie seine wahre Identität durch eine Horde Papparazzi erfuhr! Er musste zu ihr, und zwar sofort! Vielleicht konnte er noch etwas retten. Aber was sollte er ihr sagen? Wie würde sie reagieren? Das war egal. Besser jetzt als – zu spät.

In wilder Panik lief er aus der Wohnung und raste zu dem Buchladen, von dem sie ihm erzählt hatte. Er wusste grob, wo er sich befand und erinnerte sich an den Namen: Mr Smith's Books. Er musste den Laden ohne Siris Hilfe finden, denn auf keinen Fall durfte er die Standortfunktion seines Handys aktivieren, das war ihm klar.

Es war kühl an diesem Tag, und alles, was er trug, waren ein T-Shirt, eine Shorts und Flip-Flops, die das Laufen erschwerten. Wie dumm von ihm, dass er nicht mehr angezogen hatte! Denn die Leute beäugten ihn weitaus neugieriger, als wenn er sich mit Sonnenbrille und Kapuzenpulli vermummt hätte.

Wie weit war es bloß zu dem Laden? Gut, dass er so sportlich war. Er rannte durch die Straßen, verlor mehrmals die Schuhe, versuchte es barfuß, aber das war zu schmerzhaft und zu gefährlich. Endlich erreichte er den Liffey.

War er auf der richtigen Seite? Er fragte Passanten. Viele Passanten. Nein. Der Bachelors Walk lag gegenüber. Er überquerte den schmalen Fluss, lief weiter und da – endlich! – sah er das auskragende Messingschild, auf dem in antiker Schrift „Mr. Smith's Books“ stand. Und da war sie! Sie hielt ein aufgeschlagenes Buch in den Händen. Ihre blonde Mähne türmte sich auf ihrem Kopf und ihre Haltung war so gerade wie eh und je. Sie trug eine leuchtend grüne Bluse und einen weißen Rock; beides stand ihr hervorragend, unterstrich aber ihr fragiles Wesen auf eine Art, dass Harper sein Vorhaben kurz vergaß und sie einfach in die Arme schließen und ihr versichern wollte, dass ihr nichts Böses geschehen würde. Rasch rief er sich wieder zur Vernunft. Er musste ihr jetzt die Wahrheit beichten, sonst war es zu spät!

Bevor sie ihn bemerken konnte, holte er tief Luft, fuhr sich mit den flachen Händen durch das vermeintliche Haar und über das leicht verschwitzte T-Shirt, stellte fest, dass es dort nichts zu richten gab, straffte die Schultern und trat ein. Das Gebimmel der Glocken ließ sie aufblicken. Seine Augen mussten sich erst an das Dunkel des Ladeninneren gewöhnen und so war es ihm unmöglich, ihren Gesichtsausdruck zu deuten.

„Harper? Was machst du denn hier?“, platzte es aus ihr heraus. Sie klappte das Buch zu, legte es beiseite und machte einen Schritt auf ihn zu. Dann jedoch blieb sie stehen und schaute ihn verwundert an. Nein, sie lächelte nicht. Eher waren ihre Augen erstaunt - oder verletzt.

„Ich wollte … nur mal … doch schon lange mal den Buchladen sehen!“, stammelte er und verwünschte sich dafür, dass er sich auf dem ganzen Weg hierher nicht überlegt hatte, was er ihr wie sagen würde.

Mit gespielter Neugier sah er sich um. Das Geschäft roch so alt wie er es wohl war. Wahrscheinlich wurde in den Ecken nie richtig Staub gewischt und gelüftet. Überall stapelten sich Bücher, nur teilweise so platziert, dass man die Titelbilder sehen konnte. Auch wenn, oder gerade weil, der Laden nicht modern war, war er gemütlich, und Harper spürte, dass er sich allein deswegen beruhigte. Gleichzeitig juckte es ihn in den Fingern, mit dem Stöbern und Schmökern zu beginnen. So viele Bücher!

Und Alexandra …

„In dem Outfit?“, fragte sie zweifelnd und zeigte mit dem Kinn auf ihn. „Ist dir nicht kalt?“

„Oh, also, du weißt ja, wie leicht man sich in Dublin mit dem Wetter täuscht. Ich dachte, es wäre wärmer”, redete er sich entschuldigend heraus und lächelte sie an. Sie jedoch lächelte noch immer nicht. Was hatte sie nur?

„Hier gibt es nicht viel zu sehen, wie du siehst“, sagte sie ein wenig verärgert, streckte einen Arm aus und drehte sich einmal um die halbe Achse. Das kurze Wohlbefinden wurde von immer stärkerem Unbehagen verdrängt.

„Okay“, gestand er, „ich habe ein wenig geschwindelt. Ich bin nicht wegen des Ladens, sondern deinetwegen hier. Ich wollte mit dir reden.“

Überrascht atmete sie scharf ein und versteifte sich. Kurz riss sie die Augen auf, doch dann verengte sie sie misstrauisch. „Warum? Und worüber?“, fragte sie mit kalter Stimme und verschränkte die Arme vor der Brust. „Wie schon gesagt, es war ein schöner Abend gestern und das Essen war wirklich gut.“

„Das Essen vielleicht, aber der Abend nicht. Ich habe ihn ruiniert, machen wir uns nichts vor“, verbesserte er sie. „Wir haben uns ja kaum unterhalten, und nach dem Anruf …“ Er machte ein paar Schritte auf sie zu und schaute sie um Vergebung bittend an. Wenigstens wich sie nicht zurück!

„Du hast berufliche Sorgen. Das kann man doch verstehen“, sagte sie ausweichend und machte eine lapidare

Handbewegung, die er ihr nicht abnahm. Trotzdem musste er sich alle Mühe geben, damit ihn der Mut nicht wieder verließ und er ihr die Wahrheit sagen konnte.

„Nein, nein. Ich meine, ich …", stotterte er. Seine Gedanken verschwammen zu einem konfusen Brei. Weswegen war er noch mal hier? War es wirklich so eine gute Idee, ihr zu sagen, dass er ein stinkreicher Popstar war, der mit albernen Teenysongs sein Geld scheffelte? Mit etwas, das sie verachtete? Würde sie ihn auslachen und dann aus dem Laden und aus ihrem Leben jagen?

Ungeduldig wackelte sie mit den Augenbrauen.

„Du machst mich ganz nervös!", brachte er aufgeregt hervor und sah sie hilfesuchend an.

„Du mich auch", flüsterte sie, und ihre Mauer brach mit einem Ratsch in sich zusammen. Die Anspannung wich aus ihrem Körper, ihre Lippen und Finger zitterten und in ihren Augen lag so viel Sehnsucht, dass er jegliche Kontrolle über sich verlor. Mit einem großen Schritt war er bei ihr, schlang beide Arme um sie und auf einmal lagen seine Lippen auf ihren, und sie küssten sich mit einer nie gekannten Leidenschaft. Seine Hand hielt ihren Nacken, die anderen lag auf dem Rücken und drückte sie fest an sich. Ihre Hände waren überall – auf seinem Kopf, seinen

Armen, seinem Rücken, seiner Brust, seinem Po. Wie schwer sie atmete und wie hingebungsvoll und begierig zugleich sie ihn küsste! Alles an ihr war so weich und bereit, sich fallen und von ihm tragen zu lassen, dass er glaubte, eine andere Frau als die Alexandra, die er kannte, in den Armen zu halten. Dieser Kuss war noch tausend Mal schöner als jeder, den er sich mit ihr ausgemalt hatte.

Harper ertrank in diesem Kuss, oder wollte es zumindest. Er wünschte, er könnte auf der Stelle sterben. In diesem Glück, in diesem Rausch, ohne einen Gedanken an die Zukunft! Gerade griff er in ihre festen Pobacken und zog sie wie begierig an sich, als sie wie durch eine dicke Wolke die Türklingel hörten.

Entsetzt ließen sie voneinander ab. Mit dem Handrücken wischte sich Alexandra über den Mund. Sie war röter als jede Kirsche es jemals sein könnte.

„Ent... entschuldigen Sie bitte“, stotterte Alexandra völlig durcheinander.

„Ich ... ich komme später noch mal wieder“, krächzte die etwas ältere Frau ebenso verlegen zurück und hatte sich schon wieder umgedreht, bevor sie noch etwas sagen konnten.

Wie ein dem Suppentopf in letzter Sekunde entkommenes Huhn begann Alexandra zu kichern. Ihr ganzer Körper zitterte, zuckte und bebte. „Wir haben sie verschreckt!“, kiekste sie. „Sie ist …“

„Vielleicht hat sie zum ersten Mal richtige Leidenschaft gesehen!“, antwortete Harper mit einem tiefen, glücklichen Lachen, sah sie aus leuchtenden Augen selig an und zog sie fest an sich.

Wenn dies ein Traum war, dann wollte er nie mehr daraus erwachen. Er konnte es kaum glauben, aber die unnahbare Alexandra empfand das Gleiche für ihn wie er für sie! Und sie küsste einfach schwindelerregend.

Und so knutschten sie weiter, bis ihr Chef in den Laden kam, sie aber wie durch ein Wunder nicht in flagranti ertappte. Da verabschiedete Harper sich und war so benommen von seinem ungeahnten Glück, dass ihm erst kurz vor der Haustür siedend heiß einfiel, dass er seine eigentliche Mission nicht erfüllt hatte.

Ihm wurde schwarz vor den Augen.

13 Alexandra

Harper Schopenhauer hatte sie geküsst! *Er* hatte *sie* geküsst – und wie!

Harper war alles, woran Alexandra den restlichen Arbeitstag und auf dem Heimweg denken konnte. Wie er sie gehalten, an sich gedrückt und gestreichelt hatte. Er war gleichzeitig stark und anschmiegsam, eine Mischung, die ihr die Sinne raubte. Ihre Brust bebte, so heftig schlug ihr Herz. In ihren Ohren rauschte das Blut, ihre Lippen lächelten und ihr gesamter Körper fühlte sich an, als würden Schmetterlingsflügel pausenlos darüber streicheln.

Harper war wie aus dem Nichts aufgetaucht, hatte sie einfach an sich gezogen und sie immer wieder und immer leidenschaftlicher geküsst. Voller Begehren, voller Verlangen, bis sie kaum noch stehen konnte und kurz davor war, sich die Kleider vom Leib zu reißen. Bis ihr Chef kam. Dann war der Traummann wider Erwarten wieder gegangen.

Und das alles einfach so, ohne jegliche Ankündigung. Er war wie eine Naturgewalt, eine wunderschöne, die einfach so über sie hereingebrochen und ihren Tag komplett verändert hatte.

Für diesen Abend war Grillen auf Ricks so gut wie nie benutzter Dachterrasse geplant, und erst dort würden sie sich wieder treffen. Ob das so eine gute Idee war? Sie hatte sich dafür entschieden, weil sie befürchtete, dass sie es niemals zu dem Barbecue schaffen würden, wenn sie sich davor allein sähen.

Sie wollte nicht darüber nachdenken, was die anderen zu ihrer, nun – Verbindung? - sagen würden, und noch viel weniger wollte sie sich vorstellen, welche Horrormärchen Susan sich mittlerweile über Harper ausgedacht und verbreitet haben könnte. So unbeschreiblich glücklich sie auch war, so mulmig wurde ihr bei den Gedanken an ihre Freunde. Und wie eifersüchtig würden die Zwillinge reagieren? Was würde sich an dem Gleichgewicht im Haus ändern?

Energisch schüttelte sie den Kopf. Sie wollte nicht schwarzmalen, sondern weiterhin in ihrem Glück schwelgen. Und wenn sie die Augen schloss, wollte sie jedes Mal Harpers weiche, sinnliche Lippen auf ihren spüren. Seine Hände auf ihrer Haut, seine Nähe und Wärme. Noch nie hatte sie sich so akzeptiert, verstanden und geborgen gefühlt wie bei ihm. Kein anderer Mann hatte ihr jemals das Gefühl gegeben, unwiderstehlich begehrenswert und einzigartig zu sein. Ausgerechnet Harper! Sie hatte sich gründlich in ihm getäuscht.

Beschwingt und aufgeregt kam sie in ihrer Wohnung an, duschte, zog sich um und –zog sich noch einmal um. Gehörte das zur Verliebtheit? Sonst hatte sie sich nie zwei Mal überlegt, was sie tragen könnte. Ausgelassen kicherte sie. Dieses Gefühl der Schwerelosigkeit war einfach zu schön, geradezu himmlisch.

Als Rick ihr am Abend die Tür aufmachte, stand Harper hinter ihm und strahlte sie an. Sofort machte ihr Herz einen Sprung, und das trotz aller Versuche, sich auf das Wiedersehen vorzubereiten und gelassen zu bleiben. Sie konnte einfach nicht anders: Das Lächeln zog von ganz allein über ihr heiß glühendes Gesicht bis hin zu den Ohren. Ihre Hände schwitzten, und ihre Knie waren weich wie Götterspeise. Oh ja, sie war verliebt. Ganz eindeutig sogar, und es war wunderschön.

Auch Harper hatte sich, vernünftigerweise, umgezogen und trug nun ein Paar beige Leinenhosen und dazu ein dunkelblaues T-Shirt. Diese Farben standen ihm hervorragend und ließen ihn wie den sexy Nachbarn aussehen, von dem man immer träumt. Seine Füße steckten wie immer in seinen geliebten Flip-Flops und auf seinem Kopf thronte natürlich ein Cap, ebenfalls in Beige.

Mit Mühe und Not brachte sie ein, leider doch sehr befangenes „Hallo!" heraus. Unsicher stand sie im Eingangsbereich, als Harper sich schon an Rick vorbeidrängte, eine Hand auf ihren Rücken schob, sie an sich zog und ihr einen festen Kuss auf die Lippen gab.

„Wohhoho! Was geht denn hier ab?", stieß Rick völlig überrumpelt mit weit aufgerissenen Augen aus.

Von dem Tumult angelockt tauchten Melanie und Natalie hinter ihm auf und schauten neugierig in die Runde.

„Hier gibt's nichts zu sehen, außer zwei Menschen, die sich zum ersten Mal in der Öffentlichkeit geküsst haben", verkündete Harper unbeschreiblich gut gelaunt und zog Alexandra leise lachend an seine Seite.

Rick fiel die Kinnlade herunter, während die Zwillinge Luftsprünge vollführten und gleichzeitig versuchten, Alexandra zu umarmen.

„Hey, hey, hey! Immer mit der Ruhe!“, versuchte Harper, die Bande zu beruhigen. „Es ist erst seit heute Morgen. Und wir gehen das Ganze langsam an, nicht wahr?“, fügte er augenzwinkernd hinzu, und Alexandra war sich sicher, dass niemand ihm ein Wort glaubte.

Während er sprach, legte Alexandra eine flache Hand auf ihren Bauch und versuchte, sich durch gleichmäßiges Atmen zu beruhigen, denn in ihrem Magen surrte und summte es gewaltig. Das war ein gut gemeinter Versuch, der jedoch erbarmungslos scheiterte.

„Wow!“, staunte Rick. „Das haut mich jetzt aber echt um. Ich hatte keinen blassen Schimmer, dass sich da überhaupt was anbahnt. Also: Glückwünsche, meine Lieben!“ Seine Worte passten nicht zu seiner Körpersprache, denn er klang nervös und trat unruhig von einem Fuß auf den anderen. Sein Blick wanderte immer wieder zu Harper und zu ihr, was sie zunehmend beunruhigte.

Zu allem Übel bemerkte Alexandra erst da Susan, die in einem einfarbigen, tiefroten Kleid im Türrahmen zum Wohnzimmer lehnte und nun mit einer säuselnden, kaum hörbaren Stimme sagte: „Ja, Glückwunsch auch von mir, Harper und Alexandra.“

Alexandra konnte nicht genau sagen, was genau ihr an dem Ganzen nicht gefiel, aber da war etwas, das ihr verriet, dass die Freude nicht aus Susans Herzen kam. Vielmehr musste sie an eine Schlange denken, die genüsslich züngelte, bevor sie zubiss. Doch dann wischte Harper ihre aufkeimenden trüben Gedanken beiseite, indem er beide Arme um sie legte, sodass ihr Kopf an seiner Brust lag und von seinen Oberarmen umschlossen war. Er hauchte einen Kuss auf ihren Kopf, löste sich von ihr und gemeinsam gingen sie zu der atemberaubenden Dachterrasse durch.

Susan machte nur einen kleinen Schritt zur Seite und zupfte sie am Kleid. „Alex“, hisste sie scharf. „Seit wann haben wir Geheimnisse voreinander?”

„Was? Haben wir doch gar nicht”, zischte Alexandra zurück. „Ich weiß es doch selbst erst seit heute Vormittag!“

„Aha. Und das soll ich glauben?“

„Ruhig, ruhig, nur keinen Streit, Girls!“, fuhr Rick buchstäblich mit aneinandergelegten und ausgestreckten Armen zwischen die beiden, öffnete die Arme und trennte sie so.

Natalie kicherte und Melanie versuchte, die Situation zu entschärfen, indem sie keck meinte: „Susan ist ja nur eifersüchtig, weil sie befürchtet, dass Harper ihr keine freie

Minute mehr mit Alexandra lässt, nicht wahr?“ Sie legte einen Arm um Susan und zog sie versöhnlich an sie. Susan grummelte etwas, nickte dann aber und ging auf die Toilette.

„Hey, ist alles in Ordnung bei dir?“, flüsterte Harper in Alexandras Ohr, als sie kurz allein waren. Sie nickte glücklich und drückte seine Hand, dankbar dafür, dass er bei ihr war.

„Ja. Susan ist immer so, wenn ich, oder sonst jemand, etwas hat, das sie nicht hat. Ich glaube, sie ist so, weil sie als Kind bettelarm war. Aber es dauert nie lange und sie meint es nicht persönlich“, erklärte sie ihm.

„Aha.“ Harper nickte. „Soll ich euch kurz allein lassen, damit ihr alles ausdiskutieren könnt?“

„Gute Idee, danke“, wisperte Alexandra, die so viel Umsicht nicht gewöhnt war.

Zärtlich lächelte er sie an, hauchte noch einen Kuss auf ihre Lippen und löste sich dann von ihr.

Rick und die Zwillinge standen neben dem großen Grill und brachen gerade in schallendes Gelächter aus. Jetzt, da Harper weg war, fühlte Alexandra sich kurz einsam und verlassen.

„Und was ist jetzt mit seinem Job-Desaster?“, fragte Susan plötzlich hinter ihrem Rücken. Alexandra machte vor Schreck einen Satz und fuhr erschrocken herum.

„Was soll ich dazu sagen?”, entgegnete sie und schaute ihre Freundin enttäuscht an. „Ganz besonders dann, wenn du kein einziges nettes Wort für mich übrig hast.“ Insgeheim fragte sie sich, warum Susan sich für ein einfaches gemeinsames Essen wieder wie für eine Gala zurechtgemacht hatte. Worüber hatten sie denn gestern Abend eigentlich gesprochen? Was hatte Susan gesagt und verstanden, was sie nicht verstanden und gesagt hatte?

„Weißt du, Alexandra, ich verstehe nur nicht, wie das nach gestern Abend so schnell gehen kann“, gestand Susan beleidigt, zuckte die Schultern und drehte sich von ihr weg.

„Nun ja, ich konnte einfach nicht anders! Du weißt doch selbst, wie das so ist, oder etwa nicht?“, versuchte sie es auf die lockere Art. „Harper kam am Vormittag in den Laden, völlig überraschend, und hat mich einfach geküsst. Ich meine – bitte! Was soll ich da noch sagen? Ich hatte ja gar keine Zeit, über irgendetwas nachzudenken!“ Sie lachte, drehte die Handflächen gen Himmel und hob die Schultern.

„Und von allen Männern auf diesem Planeten muss es ausgerechnet Harper sein, oder?“, bohrte Susan eingeschnappt weiter.

„Wie … was soll das denn jetzt, Susan!? Darüber haben wir doch gestern geredet!“ Das Lächeln verschwand aus Alexandras Gesicht, und sie stemmte die Hände in die Hüften. Was war nur in Susan gefahren? So problematisch kannte sie sie gar nicht. „Was ist nur los mit dir?“

„Mit mir?“

„Ja, mit dir! Ich verstehe einfach nicht, was dein Problem ist. Warum freust du dich nicht für mich? Weil ich bis jetzt immer die Unglückliche war? Weil du dich mit Richard nie in der Öffentlichkeit, nicht mal unter uns Freuden, zeigen kannst?“

„Nein, das ist es nicht.“ Stur schüttelte Susan den Kopf. Ihr Blick war undurchdringlich, als sie kühl und gefasst weitersprach: „Gut, meinen Segen hast du. Aber das Eine sage ich dir: Wenn dir der Kerl so höllisch wehtut, dass du winselnd wie ein Hund auf dem Boden liegst, dann bin ich es doch wieder, die dich hochzieht.“ Bei diesen Worten stemmte auch sie die Hände in die Hüften und sah Alexandra herausfordernd an.

„Und warum sollte er das tun?“, zischte die mit vorgestrecktem Kinn. „Weil es mir bislang immer so gegangen ist?“ Da hatte sie sich endlich überwunden, zu glauben, dass sie nicht ewig vom Pech verfolgt sein könnte, und dann bekam sie nicht mal Rückendeckung von ihrer besten Freundin!

„Nein“, antwortete Susan ruhig, „weil es Harper ist und irgendetwas mit ihm nicht stimmt.“

„Keine Sorge, Susan”, erwiderte sie darauf herablassend. „Ich werde nicht zu dir kommen und dir die Ohren vollheulen, *sollte* es jemals so weit kommen.“

Mit diesen Worten ließ sie Susan stehen und ging zu Harper. Sie legte einen Arm um seine Hüften und er einen um ihre Schultern. So war die Welt wieder in Ordnung, zumindest fast, denn der Streit mit Susan nagte an ihr.

„Alles okay?“, fragte er und küsste sie auf die Stirn.

„Ja, klar. Was sollte auch nicht okay sein?“, fragte sie leise zurück. Dann schmiegte sie sich an ihn und dachte, dass wenn jemand das Böse zuverlässig von ihr fernhalten würde, dann wäre es Harper.

„Hey“, murmelte er nach dem Essen in ihr Ohr. „Es tut mir echt leid, dass all unsere Dates bislang weit davon entfernt waren, perfekt zu sein.“ Zärtlich biss er in ihr Ohrläppchen, was unzählige Glückshormone durch ihren Körper jagte.

„Ach, das stimmt doch gar nicht. Ich fand jedes auf seine Art schön“, antwortete sie und legte den Kopf in den Nacken, um ihm in die Augen zu schauen.

„Iiiiih! Sagt mal, habt ihr denn keine eigene Wohnung?“, kreischte Melanie gespielt angewidert und verzog das Gesicht zu einer Grimasse.

„Doch, schon“, antwortete Harper ruhig und gelassen und strahlte Melanie an. „Wir umarmen uns doch nur!“

Alexandra spürte, dass sie erneut errötete. Nach wie vor gefiel es ihr nicht besonders, im Mittelpunkt zu stehen und alle Aufmerksamkeit auf sich zu ziehen. Ihr wäre es lieber, wenn sie ihr Glück mehr im Privaten genossen und gefeiert hätten. Überhaupt wäre sie lieber allein mit Harper, aber das ging nicht, noch nicht, denn schließlich waren sie zum Essen eingeladen.

„Wo ist denn eigentlich Susan?“, fragte da Natalie und sah sich suchend um.

„Vor ein paar Minuten habe ich noch mit ihr geredet. Ist sie jetzt nicht mehr da?“, antwortete Rick und schaute sich ebenfalls um.

„Nein, ich kann sie einfach nirgends finden!“, rief Natalie ungewöhnlich aufgeregt und rannte durch die Wohnung, in der sie von der Dachterrasse gegangen waren.

„Ist sie einfach so gegangen?“, fragte Harper nervös und kratzte sich am Kopf. „Hat sie sich den Streit so zu Herzen genommen?“

„Hattet ihr Streit?“, fragte Melanie und kam näher.

„Nein, nur eine kleine Meinungsverschiedenheit, nichts Schlimmes eigentlich“, erklärte Alexandra. „Sie hat sich nur aufgeregt, weil ich ihr nicht sofort von“, sie räusperte sich verlegen, „Harper und mir erzählt habe. Es war echt keine großes Sache.“ Sie warf Harper einen schnellen Blick zu und sah, dass er zustimmend nickte und ratlos die Schultern hob.

„Na ja, ich vermute, dass sie in ihre Wohnung gegangen ist“, meinte Rick und wählte ihre Nummer.

„Ich auch“, stimmte Alexandra zu.

„Alex, ich glaube, du solltest mal zu ihr runter gehen und mit ihr reden. Sie muss sich das Ganze doch wesentlich mehr zu Herzen genommen haben, als wir uns vorstellen können“, schlug Harper vor, aber sie schüttelte den Kopf.

„In der Sache gibt es echt nichts mehr zu sagen. Ich bin kein kleines Kind mehr und sie ist auch kein kleines Kind mehr. Gestern Abend haben wir über die Situation gesprochen und sie hat mir viel Glück gewünscht. Heute passiert etwas Unvorhergesehenes, die Dinge ändern sich und jetzt ist sie beleidigt, weil sie noch immer mit dem Loser Richard in der Sackgasse feststeckt. Ich habe ihr Prinzessinnengehabe echt satt. Ich meine, was für eine Freundschaft ist das denn bitte, wenn sie mir mein Glück so überhaupt nicht gönnt?", verteidigte Alexandra sich leicht angriffslustig.

„Okay, okay", wehrte Harper ab. „Du hast ja recht, aber trotzdem scheint es ihr nicht gut zu gehen. Ich schaue nach ihr, okay?", bot er an, woraufhin alle zustimmend nickten.

„Aber das musst du nicht!", rief Alexandra ihm nach.

„Doch, Alex, das muss ich. Ihr zwei seid gute Freundinnen, sie leidet, du leidest, und das meinetwegen." Aus um Verständnis bittenden Augen sah er sie an.

„Na gut", seufzte sie und gab sich geschlagen. „Tu, was du nicht lassen kannst. Ich brauche jetzt erst mal einen Drink."

Tief im Herzen wusste sie, dass er recht hatte, denn niemals würde sie ohne Susans Segen mit Harper glücklich werden. Dass sie ihn ihr gab, war nicht ehrlich gemeint, sondern nur so dahingesagt, das hatte sie gespürt. Für die

Geste schätzte sie Harper und konnte kaum glauben, wie sehr sie sich in ihm getäuscht hatte. Sie hielt seinem Blick stand - und hielt inne. Denn sie war sich ganz sicher, dass seine Augen gestern Abend blau gewesen waren.

14 Harvey

Langsam stieg Harvey die Treppe von der Dachwohnung in den zweiten Stock hinab. In seinem Kopf drehte sich alles; und warum passierte alles so schnell? Er wusste, dass er Alexandra endlich reinen Wein einschenken musste, denn bislang hatte er einfach keine Gelegenheit gefunden. Sein schlechtes Gewissen nagte an ihm und ließ ihn ganz nervös werden, aber vor allem saß ihm die Zeit im Nacken. *Nach dem Essen*, schwor er sich, *nach dem Essen!* Egal, wie groß das Verlangen nach ihr wäre - und das war groß, beinahe unerträglich groß, beinahe Verstand-abschaltend groß! Er war total verrückt nach ihr, konnte an nichts anderes mehr denken und spürte ihren weichen Körper auch dann an sich, wenn sie gar nicht da war. Hätte es ihn nicht so schlimm erwischt, hätte er sie bestimmt nicht vor versammelter Mannschaft einfach geküsst! Wäre er im Vollbesitz seiner geistigen Kräfte, hätte er die Freunde erst durch Worte, nicht durch Taten, von der gegenseitigen Verliebtheit informiert, und vor allem hätte er Alexandra von seinem Popstar-Dasein in Deutschland erzählt.

Natürlich erschwerte der Kuss das Geständnis erst recht, denn hatte er damit nicht schon zu lange gewartet? War nicht jetzt der absolut falsche Zeitpunkt? Vielleicht dachte sie, er hätte sie durch die Knutscherei manipulieren wollen. Nicht das auch noch! Das war doch nie seine Absicht gewesen. Er hatte ihr einfach nicht widerstehen können. Aber würde sie das glauben? Und was war eigentlich mit dieser Susan los, die angeblich Alexandras beste Freundin war, die dann aber doch so egoistisch reagierte?

Er hatte deswegen angeboten, selbst mit Susan zu reden, weil er schuld an dem ganzen Chaos war. Und weil er rausmusste. Klar denken. Aber das ging nicht. Unmöglich. Er wollte hier bleiben, um jeden Preis. Er wollte nicht zurück in diesen Albtraum aus Kommerz und Gedöns, bei dem es niemanden um ihn ging, sondern nur um Harvey Slate, die Geldmaschine.

Das, was er hier erlebte, war das Leben, nach dem er sich immer gesehnt hatte.

Nach mehreren Pausen kam er vor Susans Wohnungstür an, atmete tief durch und versuchte, sich zu sammeln. Hoffentlich war sie überhaupt hierher und nicht woandershin gegangen!

Sie war da. Und wie. Wie eine Furie riss sie die Tür auf, stemmte bei seinem Anblick die Hände in die Hüften und funkelte ihn wutentbrannt an.

„Ha!“, spuckte sie ihm an den Kopf. „Du! Von allen infrage kommenden Menschen haben sie ausgerechnet dich geschickt?“

„Nicht ganz. Es war mein Wunsch, zu kommen“, antwortete er gefasst. „Für mich war es offensichtlich, dass Alexandra unter der Situation leidet, genau wie du, und dass ich daran schuld bin. Deswegen ist es für mich naheliegend, dass ich mit dir rede. Ist das okay für dich?“

„Na, das ist ja mal eine ritterliche Geste“, höhnte sie und warf den Kopf abweisend in den Nacken, trat aber beiseite, um ihn hereinzulassen, und schloss die Tür hinter sich. Harper wartete darauf, dass Susan ihn zum Sitzen aufforderte, was sie aber nicht tat. Ihre Möbel war schwarz und weiß, mit wenigen goldenen und leuchtend pinken Akzenten.

Als sie nichts sagte, sprach er unaufgefordert weiter: „Ich will euch nur helfen, Susan“, sagte er leise und in einem um Versöhnung bittenden Ton und sah sie eindringlich an, aber sie ließ sich nicht erweichen.

„Schön“, sagte sie nach einer Weile und atmete aus. „Dann lass dir als Erstes mal sagen, dass du Alexandra nicht vor mir schützen musst. Ich würde nie etwas tun, um sie zu verletzen. Wenn es dir tatsächlich um ihr Wohlbefinden gehen sollte, dann schlage ich vor, dass du am besten bei dir selbst anfängst.“ Ihr Ton war spitz und aus schmalen Augen schaute sie ihn durchdringend an.

„Ich will ihr nicht wehtun! Wie kommst du denn darauf?“, rief er aufgebracht. Was bildete sich diese Frau eigentlich ein? „Ich bin megahappy, dass sie das Gleiche für mich empfindet wie ich für sie! Alles, was ich will, ist, dass es so bleibt!“ Er legte die Hände ineinander und erwiderte ihren strengen Blick mit einem ernsten.

Nun schlich sich ein überlegenes Grinsen in Susans Gesicht, und sie klimperte mit ihren langen Wimpern. „Oh, Harper, hältst du uns echt alle miteinander für so dumm?“, säuselte sie und zog eine Schnute. Mit schwingenden Hüften kam sie auf ihn zu und strich ihm mit dem Zeigefinger über den Arm.

„Hey!“, wehrte er sie verärgert ab. „Bevor du von mir und Alexandra wusstest, waren deine Flirtereien ja harmlos, aber das geht zu weit!“ Empört machte er ein paar Schritte rückwärts. Ganz offensichtlich hatte Susan ein Problem, und zwar ein ziemlich großes.

„Ach, tu doch nicht so, als würdest du die Aufmerksamkeit nicht genießen! Fehlt sie dir nicht allmählich, Harper?“, schnurrte sie bedrohlich wie eine Raubkatze, die gerade zum Sprung ansetzte. „Oder sollte ich dich lieber Harvey nennen, jetzt, da wir alleine sind?“

Harvey-Harpers Herz blieb kurz stehen, sein Blut gefror, bevor sich alles wie im Zeitraffer drehte. Dann raste sein Herz, sein Blut kochte und rauschte, betäubte seine Ohren und Sinne. Es war ihm unmöglich, einen klaren Gedanken zu fassten. Woher wusste sie das?

Hilflos, verloren und wie ein im Eismeer Ertrinkender starrte er sie an. Ihr bedrohliches Lächeln glich jetzt einer Fratze und ihre Stimme war voller Spott und Überheblichkeit.

„Atmen nicht vergessen, Harvey, damit du mir hier nicht erstickst.”

„Seit wann weißt du das?“, brachte er schließlich hervor.

Susan lachte kurz und schallend auf. „Dublin ist ein kleines Dorf, wie du vielleicht schon herausgefunden haben dürftest.“ Sie legte den Kopf in den Nacken, fixierte seinen Blick und leckte sich genüsslich über die Lippen.

„Hat mich jemand erkannt und es dir gesagt?“, fragte er panisch.

„Ach, nein, nicht so direkt. Ich habe lediglich ein paar Gerüchte gehört, dass Harvey Slater, der deutsche Popstar, sich in Dublin aufhalten soll. Und auch wenn Mathematik nicht unbedingt meine Stärke ist, so kann ich doch noch eins und eins zusammenzählen. Mir war von Anfang an klar, dass mit dir etwas nicht stimmt. Du bist kein digitaler Nomade, der als Deutscher in Deutschland lebt und hier nichts zu tun hat. Mal hast du blaue, mal braune Augen. Um mich zu verarschen, musst du schon früher aufstehen, Harvey Slater, Schopenhauer– oder wie auch immer du *ganz in echt* heißt“, spottete sie und genoss ihre Überlegenheit sichtlich.

„Deine Musik ist eigentlich gar nicht so übel“, setzte sie nach. „Im Ernst. Geht ins Ohr, geht ins Blut. Wenn ich zehn Jahre jünger wäre …”

„Wirst du es allen sagen?”, unterbrach Harvey-Harper das unerträgliche Gesäusle und Gezische.

„Natürlich, was denkst du denn! Dass ich dabei zusehe, wie meine beste Freundin verarscht wird und Wochen lang an gebrochenem Herzen beinahe zu Grunde geht?“ Sie lachte hart. „Nicht nach all dem, was sie erlebt hat. Und auch sonst nicht. Ich wollte es heute auf den Tisch bringen, aber du bist mir zuvor gekommen.”

„Susan, bitte, lass mich es ihnen sagen“, flehte er sie an und runzelte die Stirn.

Sie stöhnte ungeduldig, schüttelte mit kleinen Bewegungen den Kopf und sagte abfällig: „Ihr Männer seid doch alle gleich. Alexandra tut mir echt leid.“

„Und du scheinst deine Freude daran zu haben!“, fuhr er sie an.

„Ach, bitte!“, feuerte sie zurück. „Tu doch nicht so, als würdest du sie kennen, nur weil du sie ein- oder zweimal geküsst hast!“

Fassungs- und ratlos schaute er auf den Boden, dann zu ihr, dann wieder auf den Boden. „Susan, bitte. Lass mich es ihr sagen. Und warte bis morgen früh damit, bis du mit irgendjemandem darüber sprichst, okay?” Er war kurz davor, vor ihr auf die Knie zu fallen, denn seine Zukunft mit Alexandra, ja, sein ganzes Leben schien allein in ihren Händen zu liegen.

Hochnäsig und noch immer wütend stierte sie ihn an. Dann erhellte ein böses Lächeln ihr Gesicht. „Morgen früh.

Abgemacht. Aber spätestens am Mittag erzähle ich ihr alles.” Gebieterisch nickte sie einmal kurz, um ihren Worten Nachdruck zu verleihen. „Ich habe dich gewarnt.“

„Danke, Susan, danke“, hechelte er wie ein ergebener Untertan, machte kehrt und rannte hinauf in Ricks Wohnung.

„Himmel! Was ist denn mit dir passiert? Hast du sie gefunden?“, begrüßte Rick ihn überrascht. Alle anderen starrten ihn erwartungsvoll an, besonders Alexandra, in deren Gesicht sich Aufregung und Anspannung mischten.

„Ja, sie ist in ihrer Wohnung. Es geht ihr gut, aber sie will für den Rest des Abends ihre Ruhe. Ich würde gerne mit Alexandra allein, unter vier Augen reden, ist das okay?“, fragte er und schaute zuerst seine Liebe, dann die übrigen an. Beruhigend legte er eine Hand auf Alexandras Schulter und bat sie so, mit ihm zu kommen. Sie folgte seinem stummen Befehl und legte ihrerseits einen Arm um ihn.

„Was um Himmels Willen ist denn Schlimmes passiert?“, fragte sie besorgt an sein Ohr.

„Nichts. Ich würde nur wirklich gerne in Ruhe mit dir reden. Gehen wir eine Runde?” Seine Stimme war heiser. Er nahm ihre Hand, als könnte er sie so für immer festhalten, aber die Sorge, nein, eher das Wissen darüber, dass sie ihn in Kürze verlassen würde, ließ ihn beinahe in Tränen ausbrechen.

„Ja, sicher“, murmelte sie, blickte zu den restlichen drei und verabschiedete sich von ihnen. Verständnisvoll, aber gleichzeitig besorgt nickten sie ihr zu.

Nur noch ein Kuss, nur ein einziger letzter Kuss, der allerletzte, dann ist endgültig Schluss, dachte er sehnsuchtsvoll und von Verlangen nach ihr übermannt, als sie die Tür hinter sich schlossen. Aber nein! Kein Kuss, sonst würde er nie anfangen zu reden. Doch dann war es Alexandra, die ihn stürmisch gegen die Wand drückte.

„Küss mich, Harper“, murmelte sie in seinen Mund. „Nur ein einziger kleiner Kuss.“ Ihre Lippen und Zunge berührten schon seine. Sie verschränkte die Hände in seinem Nacken und schloss die Augen.

„Nein, nicht! Warte“, keuchte er.

„Nur kurz, ich hab dich so vermisst“, flüsterte sie und drängte sich noch dichter an ihn. „Dann gehen wir gleich, okay?“

Wusste sie nicht, was sie tat? Oder legte sie es darauf an?

Sie küsste ihn. Und wie! Mal fordernd, mal süß, mal hart, dann wieder weich, aber immer so voller Vertrauen, dass es ihm das Herz brach. Ihre Finger wanderten unter sein T-Shirt, hakten sich in die Gürtelschlaufen, zogen sein Becken an ihres. Vergeblich versuchte er, sich zu wehren, aber sie war stärker. Sie, Alexandra, sie, die Begierde und Leidenschaft, die wie eine Flamme aufloderte, zu einem Flächenbrand ausartete und alles verschlang.

„Wir sollten hier weg“, keuchte er, als sie dabei war, seinen Gürtel zu öffnen.

„Zu dir oder zu mir?“, fragte sie kichernd.

„Bei mir sind wir schneller“, konterte er, riss sie an sich und in seine Wohnung. Trunken vor Lust fielen sie auf den flauschigen Teppich, rissen sich die Kleider vom Leib und ertranken in einem Meer aus Lust und Hingabe. Die Nacht war ein einziger Rausch, ein Sturm, ein Feuerwerk der Sinne.

Mehr als einmal wurde er eins mit ihr, hob sie hoch, trug sie weiter und höher, bis sie schwebte und in ungeahnte Lüfte flog, genau wie er, der nicht mehr hörte, nicht mehr sah und nicht mehr dachte, er, der coole Harvey, der bis vor Kurzem wahllos Freuen vernascht hatte und sich nun in zweisamer Hingabe beinahe auflöste.

15 Alexandra

Ein Traum. Ein einziger Traum. Überall Hände und Haut, Körper und Küsse.

Harper. Oh, Harper …

Wo war er? Und wo war sie? In seinem Bett!

Noch immer spürte sie ihn auf, um und in sich, spürte seine Lippen auf ihren, roch seinen Geruch, hörte seine berauschenden Lustlaute. Sein Rhythmus war ihr Rhythmus, auch jetzt noch. Selig stöhnte sie und schloss die Augen. Aber wo war er? Im Bad? Bestimmt. Er würde jeden Moment wiederkommen. Glücklich kuschelte sie sich erneut ins Kissen. Als sie nach einer Weile noch immer nichts hörte und weiterhin jede Spur von ihm fehlte, stand sie auf und machte sich auf die Suche nach ihm. Da! Er duschte! Mit einem diebischen Lächeln auf den Lippen klopfte sie an, wohlwissend, dass er sie nicht hören konnte, und öffnete langsam die Tür. Vorsichtig und voller Vorfreude grinsend steckte sie den Kopf ums Eck und erstarrte. Das Wasser lief – aber die Dusche war leer!

„Harper?“, schrie sie und wurde bleich vor Schreck. Wo war er nur? Was hatte das zu bedeuten? „Harper!”, brüllte sie immer lauter, zog ihr Kleid über und schlüpfte in ihre Sandalen. Dann rannte sie die Treppe hinab. Etwas Schreckliches musste passiert sein! Harper war verschwunden!

Susan stand im Türrahmen, eine Hand in die Hüfte gestemmt, eine Schulter angelehnt. „Er ist nicht da, Alex“, sagte sie ernst. Dann drückte sie sich vom Rahmen weg und stand bedrohlich aufrecht vor Alexandra. Sie war perfekt zurechtgemacht, Make-up, Haare, Kleidung – alles tipptopp. Wie spät war es eigentlich? Sie hatte ja auch noch verschlafen! Aber das war egal. Wieso – wie – weg?

„Huach!“, rief Alexandra und machte einen Schritt zurück. „Du hast mich aber erschreckt!“ Susan war die Letzte, der sie von Harpers Verschwinden erzählen wollte.

Susan schwieg und sah sie nur weiterhin starr an.

„Wo willst du denn so früh hin?“, fragte sie dann leichthin und versuchte, ihre Aufregung mit einem Lächeln zu überspielen.

„Nirgends, wieso?“

„Nur so“, antwortete Alexandra und trat unruhig von einem Fuß auf den anderen.

„Aber du willst weg, so wie es aussieht?“, fragte Susan, hob ihr Kinn, um auf Alexandras Kleid vom Vorabend zu zeigen, und zog zugleich eine Braue und die Stimme in die Höhe. Sie ließ Alexandra jedoch gar nicht zu Wort kommen, sondern fragte sofort sehr neugierig weiter: „Und wie war die letzte Nacht so?“

„Schön. Sehr schön. Eigentlich wunderschön! Harper ist – unglaublich!“

„Wie bitte?“, stieß Susan hervor, streckte ihr Kinn vor und starrte sie aus großen Augen an. „Das ist ...!“, schnaubte sie. „Das ist doch einfach unglaublich!“

„Was? Wieso unglaublich?“, fauchte Alexandra angriffslustig. „Allmählich reicht‘s mir echt mit dir!“

Susan holte tief Luft, straffte die Schultern und machte dann mit der flachen Hand eine beruhigende Geste. „So? Und hat er dir nichts ... erzählt? Über sich?”

„Über sich?”, wiederholte Alexandra fassungslos und starrte nun ihrerseits Susan an. „Hör mal, wir“, sie lachte, „wir hatten einfach eine unbeschreiblich schöne Nacht und ...“

„Und jetzt ist er weg“, vollendete Susan den Satz sachlich und senkte den Blick.

„Ja!“, rief Alexandra und fühlte die Angst wieder in sich aufsteigen. „Er ist wahrscheinlich zum Bäcker oder beim Laufen …“ Wie gelähmt hielt sie inne, denn Susan baute sich noch weiter vor ihr auf, sah sie durchdringend an und drehte langsam den Kopf von der einen auf die andere Seite.

„Nein, Alex. Nein. Das ist er nicht”, sagte sie leise und machte eine Pause, in der Alexandra nicht einmal schlucken konnte. „Er ist weg. Richtig weg.“

„Weg?“, kreischte Alexandra, die eigentlich überlegen die Albernheit Susans verlachen wollte und doch beinahe in Tränen ausbrach, weil sie spürte, dass es die Wahrheit war. Eine Wahrheit, die sie nicht glauben wollte und die sie mit aller Macht bekämpfte.

„Ja. Weg. Zurück nach Berlin oder sonst wohin“, sagte Susan nüchtern, zuckte die Schultern und schaute sie hilflos an.

„Was? Sag mal, spinnst du? Er kommt gleich wieder!” Verzweifelt lachte sie auf.

„Okay, wenn du mir nicht glauben willst: Warum schaust du dann nicht nach, welche Kleidung noch im Schrank ist und ob du sein Laptop und seine Geldbörse noch irgendwo finden kannst?“

Alexandras Blut rauschte in die Beine, sie taumelte, fing sich am Treppengeländer ab und keuchte: „Aber … wieso?“

Nach einer Weile schleppte sie sich kraftlos zwei Stockwerke höher und ließ zu, dass Susan ihr folgte.

Um ein Wunder betend schaute sie sich in der verlassenen Wohnung um. Es war totenstill, nur das Wasser rauschte noch immer in der Dusche.

Auf den ersten Blick sah alles wie immer aus. Doch dann öffnete sie Schubladen und Schranktüren. Es war alles da. Bis auf seine kleine lederne Tasche, mit der er gekommen war. Den Rest der Kleidung hatte er hier gekauft. Aber alle wichtigen persönlichen Dinge wie Laptop, Handy, Ladekabel, Lesegerät, all das war weg. Und damit er. Er, Harper, hatte sich nach dieser einzigartigen Nacht einfach aus dem Staub gemacht!

„Soll das ein Witz sein, oder was?“, keuchte sie fassungslos.

„Leider nein“, seufzte Susan und ließ die Schultern hängen. „Das ist die Wirklichkeit. Leider.“

„Nein! Nein!”, schrie Alexandra. „Er kommt bestimmt gleich wieder! Das alles ist nur ein Witz! Ein dummer, gemeiner Scherz!”

„Sch, sch", versuchte Susan, sie zu beruhigen, legte die Hände auf ihre Schultern und drückte sie auf die Couch. „Setz dich und beruhige dich erst mal."

Doch Alexandra konnte sich nicht beruhigen. „Was ist hier los? Wo ist er?", plärrte sie.

„Ich weiß leider wirklich nicht, wo er ist."

„Das kann alles nicht wahr sein! Nein! Nein! Das glaube ich nicht! Harper!" Schluchzend brach Alexandra zusammen. Das alles – noch dazu nach dieser wunderschönen Nacht, in der sie sich so sicher gewesen war, dass nichts auf der Welt sie jemals wieder würde auseinanderbringen können!

„Und woher weißt du, dass er weg ist?", schniefte sie mit letzter Kraft, richtete sich auf und sah Susan böse an.

„Puh!", stöhnte Susan und blies sich an die Stirn. „Ich wusste, dass er zu feige sein würde, dir die Wahrheit zu sagen. Ich wusste es!"

„Die Wahrheit – worüber?"

„Die Wahrheit über sich selbst."

Alexandra zuckte zusammen. „Über ... sich selbst?"

„Hier – lies!" Susan nahm eine Tageszeitung vom Tisch, die Alexandra bislang nicht bemerkt hatte, und gab sie ihr. „Seite drei."

Mit zitternden Fingern und stockendem Atem schlug sie die Zeitung auf und starrte auf ein Foto, das einen Mann mit Sonnenbrille und Cap zeigte. Entfernt erinnerte es an Harper. Doch warum stand darunter: „Harvey Slate in Dublin entdeckt!“?

Fragend schaute sie Susan an.

„Er hat es nicht geschafft, uns zu sagen, wer er wirklich ist.“

„Wer ... er ... wirklich ist? Wer?? Harper? Was hat …?” Ihre Stimme versagte, als die Erkenntnis in ihr zu dämmern begann. „Du meinst”, sagte sie und tippte auf das Foto, „dass,” sie schluckte, „dass unser Harper ... dieser Harvey ist?”

„Ja. Das glaube ich nicht nur, das weiß ich sogar. Er hat es mir gestern selbst gestanden. Bevor“, sie lachte abfällig, „bevor er es dir selbst sagen wollte. Aber wie es aussieht, sind ihm wichtigere Dinge als die Wahrheit dazwischengekommen.“

„Susan!“, schrie Alexandra und sackte auf das Sofa. „Das verstehe ich nicht! Das kann doch alles nicht sein! Harper ... Harvey ... ein Popstar? Aber wieso?“

„Keine Ahnung, Süße. So wie es aussieht, ist er in Deutschland und den Ländern da ein riesiger Hit, Pop-

Rock, Teeniestar, irre reich. Irgendwas kann da nicht stimmen, dass er abgehauen ist."

„Aber ... Harper doch nicht!" Der Gedanke war geradezu absurd. Harper, ihr Harper, war doch kein Popstar! Nie im Leben! Harper war echt, ein ganz realer Mensch, den sie … so … echt gespürt hatte!

„Leider doch. Er hat uns von vorn bis hinten angelogen und gnadenlos verarscht." Susan war schonungslos. „Sogar gestern Nacht noch, als ich ihn gewarnt hatte, dass er dir endlich die Wahrheit sagen sollte, hat er es nicht getan. Süße, tut mir leid, aber entweder ist er ein feiges, oder ein eiskaltes Arschloch, aber ein Arsch ist und bleibt er so und so."

Alexandra war ganz still geworden. Ihr war, als wäre alle Wärme, alle Farben und alle Geräusche aus dem Raum verschwunden. „Und wie lange weißt du es schon?", heulte sie am Boden zerstört.

„Seit gestern Mittag. Und als ich ihm ein Ultimatum gesetzt habe, nämlich, dass er es dir bis heute früh sagen sollte, hat er es mir hoch und heilig versprochen."

„Und es nicht getan. Er hat mir einfach nichts gesagt …", flüsterte sie verloren in der Erkenntnis und in dem einsetzenden Schmerz, der alles in ihr auslöschte. Binnen weniger Augenblicke brach all das zusammen, woran sie geglaubt hatte. Kurz, aber dafür umso intensiver war die Zeit mit ihm gewesen. Sie hatte ihm vertraut und was noch schlimmer war: Sie hatte sich selbst geglaubt, hatte ihren Gefühlen vertraut - und war wieder enttäuscht worden. Was blieb einem Menschen, der nicht mal noch sich selbst hatte?

Nichts. Außer Freunde wie Susan, die immer für einen da waren und die sie von vornherein hatten beschützen wollen. Und ausgerechnet das hatte sie nicht erkannt.

16 Harvey

In eisiges Schweigen gehüllt folgte Harvey Marc durch die Sicherheitskontrolle am Dubliner Flughafen. Hartnäckig ignorierte Harvey alle Versuche seines Managers, mit ihm zu reden.

„Du siehst anders aus“, stellte Marc nun fest, da Harvey sein Baseball Cap abgenommen und auf das Band gelegt hatte. „Hast du dir die Haare abrasiert?“

Innerlich schüttelte Harvey sich vor Ekel: vor sich selbst, dem Manager, der Rückkehr nach Berlin … Ihm war zum Heulen zumute. Aber natürlich brach kein Mann einfach so in Tränen aus, und schon gar nicht, wenn er sich eingestehen musste, was für ein jämmerlicher Versager er war! Wie musste es Alexandra jetzt ergehen? Ob sie wütend oder in Tränen aufgelöst war?

Wieso, wieso nur hatte er so lange gewartet! *Zu* lange! Jetzt war es endgültig zu spät. Wie dumm er doch immer wieder war, zu glauben, auf ein Wunder zu hoffen – das absolut Unvermeidliche war stattdessen geschehen. Das, was jeder klar denkende Mensch längst hätte kommen sehen, hatte er ausgeblendet!

Alexandra … Und das nach der schönsten Nacht seines Lebens! Mit ihr!

Sollte er sie anrufen? Aber was sollte er sagen? Egal. Alles war besser als nichts. Himmel! Er hatte nicht mal ihre Nummer. Wozu hätte er die auch gebraucht? Er musste Rick anrufen. Oder im Laden.

Haare? Redete da jemand von Haaren? Ach ja, sein neuer bester Feind. Marc.

„Was sollen wir denn jetzt mit deinen Haaren machen?“, fragte der dümmlich grinsend, doch Harvey reagierte nicht darauf. Harvey – der war er jetzt wieder. Er erkannte, dass er *Harper* in Dublin lassen musste. Es war besser so, denn wenn er zurückkam - und er würde zurückkommen, das schwor er sich -, dann könnte er wieder diese Person sein, die mit Harvey Slate, dem seelenlosen Popstar nichts gemein hatte.

Marc schien fest entschlossen, *professionell*, sprich: schleimig-sachlich-freundlich, miteinander umzugehen. Und so redete er weiter auf ihn ein, ohne sich etwas von den Umständen anmerken zu lassen.

„Also, sobald wir gelandet sind, fahren wir zu Herrn Schröder, um alles, was Proben, Auftritte, Interviews etc. angeht, zu besprechen“, unterwies er ihn, als sie direkt weiter ans Gate und von dort direkt zum Einsteigrüssel gingen. Moment! Er wollte doch telefonieren! Sollte Marc mal vorausgehen, dachte er, machte kehrt und wählte Ricks Nummer. Doch noch bevor Marc ihn am Kragen packen und mit festem Griff ins Flugzeug zerren konnte, ertönte das „nicht erreichbar“ Signal.

Marc verlor kein Wort während des Zwischenfalls und bugsierte ihn zu seinem Platz in der ersten Reihe. Die innereuropäische Business-Class bestand heutzutage ja nur noch aus farbigen Lätzchen, die über den Sitzlehnen hingen und auf denen „Business Class“ stand.

Sie waren die Letzten, was seinen Plan vereitelte, sich auf die Toilette zu schleichen und es erneut zu versuchen.

„Seit wann mischt sich ein Plattenlabel eigentlich so dermaßen tyrannisch in persönliche Entscheidungen ein?“, fauchte Harvey, als er sich anschnallte. „Sie sollen meine Musik promoten, sonst nichts, oder habe ich da jahrelang etwas falsch verstanden?“

„Komm, Mensch! Dazu musst du zum einen ja erst mal Musik machen. Und du weißt doch genau, dass das nicht der Fall ist. Auch wenn sie dich brauchen, würden die arroganten Ärsche das nie zugeben. Du musst ihnen immer schön tun, wenn du den Vertrag behalten willst. Die stehen kurz davor, dich rauszuschmeißen!“

„Na, super!“, rief er begeistert und seine Augen strahlten beinahe. „Dann ist ja alles gebongt! Mehr will ich doch gar nicht!“

„Haha. Verarsch dich selbst. Nichts ist dann gebongt. Die hauen dich wegen Vertragsbruchs raus, und dann stehst du schön blöd da, mein liebes Kerlchen!”

Harvey ballte die rechte Hand zur Faust. Wie der mit ihm redete! Das musste er sich nicht gefallen lassen. „Nenn mich nicht *mein liebes Kerlchen*!“, zischte er.

Was für eine Kloake! Marc hatte ja recht, das wusste er. Er hatte sich die Summe durch den Kopf gehen lassen und nachgerechnet. 17,3 Millionen plus Prozesskosten waren viel Geld, aber es ging ihm nicht nur darum. Es ging ihm auch um seinen Ruf und darum, dass er die Frau, in die er sich rettungslos verliebt hatte, nicht so einfach stehen lassen wollte! Unter anderen Umständen hätte er das nie getan. Wenn er doch nur mit ihr geredet hätte! Wenn er nicht vollkommen erschöpft wie wohl noch nie neben ihr eingeschlafen wäre. So randvoll vor Glück, dass er sich gar nicht vorstellen konnte, dass es etwas anderes außer Liebe gab.

Ob Susan ihr schon alles erzählt hatte? Sie hatte an die Tür geklopft und war einfach so hereinspaziert? Er war gerade auf dem Weg zur Dusche gewesen, hatte das Wasser warm laufen lassen, als die Tür aufgegangen war. Dann hatten sich die Ereignisse überschlagen, sodass er das Wasser wahrscheinlich gar nicht abgedreht hatte. Ob es immer noch lief? Susan hatte ihm im hektischen Flüsterton erklärt, unten stünde ein bulliger Mann, den sie nur mit Mühe und Not davon hatte abhalten können, hereinzustürmen. Er bestünde aber darauf, dass sie binnen fünf Minuten mit Harvey vor dem Haus erschiene, denn der Rückflug nach Berlin ginge bereits in etwas mehr als einer Stunde. Von daher wäre es wohl am besten, alle persönlichen Dinge mitzunehmen. Sie hatte seine Tasche genommen und alle elektronischen Geräte hineingeworfen. Dann hatte sie ihm ein T-Shirt und eine Jeans zugeworfen, und vor Angst vor Marcs Zorn wie hypnotisiert hatte er sich angezogen. Als er ins Schlafzimmer hatte gehen wollen, um sich von Alexandra zu verabschieden und zumindest ansatzweise irgendetwas zu erklären, war Marc aufgetaucht und hatte ihn mit dem üblichen Nackengriff nach unten gezerrt.

Er hatte geschrien. Aber Alexandra hatte ihn nicht gehört.

Es war zu spät, ihr alles zu erklären, zu spät, dass sie die Wahrheit von ihm erfahren könnte, zu spät für alles. Zu spät.

Tränen traten ihm in die Augen. Tränen der Verzweiflung, der Hilflosigkeit, der Wut und der Sehnsucht nach der Frau, der er sich so nahe wie noch nie einem Menschen gefühlt hatte. Das Flugzeug wurde schneller und immer schneller, bis es abhob und Dublin unter ihm immer kleiner wurde, bis es ganz verschwand. Als es nur noch ein Punkt am Rande des Meeres war, fragte Marc: „Und, wie war Dublin so?"

Noch immer reagierte Harvey nicht. Er musste sich von Marc trennen. Er war kein ungezogener, kleiner Junge, den man einfach so abführen konnte! Warum ließ er sich von dem Kerl immer alles gefallen?

„Harvey?", schmeichelte Marc und lehnte sich zu ihm herüber.

„Lass mich in Ruhe. Das geht dich nichts an", antwortete er, ohne den Kopf von der Plastikscheibe zu nehmen.

„So übel, ja?“, bohrte Marc weiter, und wie immer fiel Harvey auf seine fiese Masche herein.

„Übel? Von wegen!“, brauste er auf und schnellte herum. „Es war die schönste Zeit meines Lebens, und du hast sie zerstört!“, giftete er und stieß den Finger gegen Marcs Brust.

„Ach ja?“, fragte er spöttisch. „Beste Freunde, große Liebe, oder was?“

„Wenn du es wissen willst: ja!“

„Ach, na, wenn das so ist, dann ist ja alles halb so wild. Was sagen sie denn zu deiner Sängerkarriere?“

„Nichts!“, brüllte Harvey und schlug mit der flachen Hand auf den leeren Sitz zwischen ihnen.

„Nichts?“, äffte Marc ihn nach.

„Ja, nichts! Weil du schneller warst! Ich wollte es ihnen sagen, aber dann warst du einfach da und hast mich weggeschleppt! Wie ein Stück Vieh!”

„So, so, *weggeschleppt*“, machte Marc, legte einen Finger an die Unterlippe und schaute zum Mittelgang, wo gerade eine Flugbegleiterin mit zwei Gläsern Orangensaft vorbeiging. Mehr gab es nicht mehr gratis. Deswegen bestellte Marc zwei Dosen Bier, und da Harvey keines wollte, trank er beide allein.

„Also, was hast du ihnen denn von dir erzählt, wenn sie nicht wissen durften, dass du Sänger bist?”, fragte er beinahe gleichgültig.

„Dass ich PR für Stars mache“, antwortete Harvey und schaute aus dem Fenster.

Marc grunzte. „Wenn das so ist, kannst du unseren PR-Leuten ja bestimmt bestens sagen, wie sie dich aus der Scheiße wieder rauskriegen, oder?“

Harvey spürte seinen stechenden Blick im Rücken und zuckte zusammen.

„Müssen wir uns vor deiner heißen Biene fürchten?“, fragte Marc.

„Sie ist keine heiße Biene, verdammt noch mal!“

„Ach, die sah aber mal richtig scharf aus, die Kleine!“

„Marc! Das war doch Susan! Nicht die Frau, die ich …”

„Ach, schade“, gab Marc sich betont gleichgültig und riss die Bierdose auf.

Nun grunzte Harvey und wünschte sich, er hätte einen Fallschirm dabei und könnte das Fenster öffnen.

„Hör mal, Harvey, ich hatte dich gewarnt. Du bist mir gegenüber nicht fair. Du hattest genügend Zeit, um sie einzuweihen und dir was zu überlegen. Aber du hast einfach nichts getan, sondern mal wieder den Kopf in den Sand gesteckt und gehofft, dass alles gut wird, wenn du das nächste Mal nachsiehst."

„Hör auf damit!", schnauzte Harvey ihn an, denn er wusste, dass Marc recht hatte.

„Ich habe dir geschrieben, dass du erkannt wurdest und die Presse hinter dir her ist. Aber du hast meine Nachricht nicht mal gelesen."

„Was?" Entsetzt starrte er seinen Manager an.

„Ja. Der Artikel ist heute erschienen. Ich will mir gar nicht vorstellen, wie es vor dem Haus jetzt zugeht! Glaub mir, wir sind da gerade noch rechtzeitig rausgekommen!"

„Was?" Harvey wurde übel. Alexandra! Rick! Sie alle waren da drin und wurden belagert, und das nur seinetwegen! Das und Alexandras Schmerz, oder Wut, waren der Preis für ihre großartige Gastfreundschaft.

Es gab keinen Ausweg: Er musste zurück, und zwar sofort.

Zum Glück gab es an Bord Internetzugang und so buchte er sich still und heimlich ein Ticket für den nächsten Flug zurück. Ganze fünfzig Minuten würde er in Tegel darauf warten müssen, aber schon heute Nachmittag würde er Alexandra alles persönlich erklären können. Sie musste ihm zuhören, sie musste einfach!

Das war das Einzige, was er dachte, bis er in einen unruhigen Schlaf fiel, aus dem er beim Landeanflug erwachte. Er sprach kein Wort, stieg als Erster aus, freute sich, dass sie am Gate A landeten, lief den Rüssel hinauf und stürmte zum Ausgang, Marc ihm nach.

„Stopp! Wo willst du hin!“, brüllte er und folgte ihm zum Gate A 32, wo zu allem Unheil eine kleine Schlange wartete.

„Was ist denn nur los mit dir?“, fauchte Marc und packte ihn am Kragen.

Diesmal hatte Harvey aber endgültig die Schnauze gestrichen voll davon. Blitzschnell drehte er sich um und boxte ihm in den Magen. Stöhnend krümmte Marc sich zusammen und ließ ihn los.

„Fass mich nie wieder so an. Nie wieder, hörst du? Sonst wirst du wegen Körperverletzung gefeuert!“

„Spinnst du jetzt total? Hast du komplett den Verstand verloren?“, schnaubte Marc, packte ihn am Arm und wollte ihn wegführen, doch Harvey schlug den Arm weg und im Nu brach eine Rangelei aus. Doch noch schneller, als sie sich versahen, waren sie von Flughafenpolizisten umgeben, die mit Festnahme drohten.

Sofort rissen beide die Hände in die Höhe und beteuerten, dass es sich um einen persönlichen Disput handelte, den sie rein verbal beizulegen bereit wären.

„Reiß dich jetzt gefälligst zusammen!“, raunte Marc durch zusammengebissene Zähne und riss an Harveys Ärmel. „Ich hab null Bock, dich aus noch mehr Mist rauszuholen, verstanden? Und jetzt komm mit!“

„Ich muss nach Dublin und alles erklären! Versteh mich doch!“

„Ich verstehe dich. Aber du verstehst den Ernst der Lage nicht. Wenn du nicht mitkommst, verlierst du alles, auch deine Werbeverträge und mich. Bock auf Hartz IV? Junge, überleg’s dir. Aber lustig ist das Leben nicht, das kann ich dir sagen.“

„Marc, ich will ...“

„Harvey. Hör dir erst mal an, was der Schröder zu sagen hat, okay? Danach kannst du immer noch zurückfliegen und anrufen kannst du ja von überall.“ Er klang wesentlich versöhnlicher und fasste ihn auch nicht mehr an. „Los, ruf an, ich warte hier.“

„Okay“, willigte Harvey zögernd ein, wählte Ricks Nummer, erhielt das gleiche „nicht erreichbar“ Zeichen wie vorhin, suchte die Nummer des Buchladens heraus, wo man ihm sagte, dass Alexandra sich heute krankgemeldet hätte und man ihr den Anruf ausrichten würde. Was wusste er noch? Die Bäckerei der Zwillinge! Dort erklärte man ihm, dass beide wegen eines Notfalls weggemusst hätten. Notfall? Hing es mit seinem Verschwinden und Alexandra zusammen? „Könnte ich bitte eine Handynummer haben?“, bat er die Mitarbeiterin.

„Es tut mir leid, aber die dürfen wir nicht weitergeben.“

„Verstehe. Vielen Dank“, murmelte er und legte auf.

„Bist du so weit?“, fragte Marc, als Harvey niedergeschlagen herumstand.

„Ja, gehen wir.“

Mit schweren Schritten folgte er Marc zu dem wartenden Auto.

Kaum saßen sie, gab der Fahrer auch schon Gas. Sie hatten noch nicht mal das Flughafengelände verlassen, als es wie aus Eimern zu schütten begann. Wie passend, dachte Harvey und lehnte den Kopf ans Fenster. Berlin, *rotten old home,* dachte er wehmütig.

Wie sehr er Marc verabscheute! Hauptsache, seine Kasse stimmte, aber was um ihn herum geschah, was er in seiner Gier anrichtete und zerstörte, das war ihm egal. Es war ihm egal, dass Harveys Herz in tausend Splitter zerbrochen war und er vor Schmerz am liebsten aufgeschrien und sich am Boden gekrümmt hätte. Es war ihm egal. Nein, das war kein Freund. Und ein Freund packte einen auch nicht im Nacken wie einen Hasen. Die Leute in Dublin hätten Freunde werden können, wenn er sie nicht so lange im Dunklen hätte tappen lassen.

Von Selbstzorn zerfressen drosch er die Faust an die Tür.

Alexandra.

Würde sie ihm jemals verzeihen können? Jemals?

Wenn er nur mit ihr geredet hätte! Der eine Kuss! Der, den er der Zukunft willen hätte abbrechen müssen. Aber er war zu schwach gewesen.

Wieder versuchte er Ricks Nummer. Noch immer keine Antwort.

Bestimmt wollte niemand mehr etwas mit ihm zu tun haben. Rick hatte sein Spiel besorgt verfolgt, aber geschwiegen. Würde er ihm verzeihen? Alexandra? Konnte er überhaupt wieder zurück nach Dublin, oder … oder hatte er es sich mit allen für immer verscherzt?

So musste es sein. Sonst würden sie ihm antworten. Sonst würde Rick zurückrufen oder antworten oder von sich aus anrufen.

Und Alexandra würde ihm nicht verzeihen. Nicht nach allem, was ihr schon passiert war. Sie war zu verletzt, ohnehin zu verletzlich und zu unsicher. Er hatte sie verloren. Wegen seiner Feigheit.

Wenn er jetzt aus Berlin weglief, wäre alles verloren. Dann hätte er sich vor allem gedrückt und würde schwer wieder einen Fuß auf den Boden bekommen. Er würde den Prozess gegen das Label verlieren, Schulden machen und jahrelang abbezahlen. Wovon würde er leben? Er hatte keinen Beruf gelernt, und mit einem, der immer einfach abhaute, wollte keiner was zu tun haben. In Dublin leben? Wenigstens das Elend hier musste er wie ein Mann durchziehen. Wie der Mann, für den die Fans ihn hielten. Aber nicht ihretwegen, sondern seinetwegen.

Zum Glück war der Verkehr um diese Zeit in Berlin nicht dicht. Ehe er sich's versah, fuhren sie die Schönhauser Allee hinab in Richtung Stadtmitte. Schon überquerten sie die Eberswalder Straße.

„Also, bei Herrn Schröder“, sagte Marc gerade und vergewisserte sich, dass Harvey ihm zuhörte.

„Ja?“, fragte er und hörte zu. Er hatte einen Plan, und wenn einer von den beiden Hirn und Herz hatte, konnte sich bald alles zum Guten wenden. Zumindest, was das Berufliche betraf.

In seinem Kopf entstanden Töne, ordneten sich zu einer Melodie, einer traurigen, nachdenklichen, einer, die ihm aus dem Herzen sprach und die er festhalten wollte - nach dem Gespräch mit Herrn Schröder, vor dessen Büro in der Torstraße sie nun hielten.

17 Alexandra

Den Tränen nahe ließ Alexandra ihr Buch sinken. Draußen nieselte es und in dem alten Buchladen war wie so oft nichts los. Ein ganzer Tag und mehrere Stunden waren seit der unvergesslichen Nacht mit Harper - oder Harvey oder was auch immer - vergangen. Himmel, sie wusste nicht einmal, wie sie ihn nennen sollte! Und welcher Deutsche mit englischem Vater hieß schon Harvey? Das brachte doch kein Deutscher ordentlich über die Lippen! *Harfei* oder *Harwi*? Lächerlich! Auch das war bestimmt nur ein Künstlername, aber egal. Für sie würde er immer Harper bleiben. Der Mann, bei dem sie sich so sicher gewesen war wie noch nie zuvor bei einem Mann. Aber was konnte sie nach so kurzer Zeit schon sagen! Ob das jemals aufhörte? Vielleicht mit 30? Mit 40? Oder gar nie? Vielleicht war ein Herz irgendwann so oft gebrochen, dass es nicht mehr wehtun konnte?

Erneut drängten Tränen in ihre Augen, und ihr Körper spannte sich an.

Nicht weinen! Jetzt bloß nicht weinen, befahl sie sich mit der Kraft, die sie noch in sich fand.

Wie konnte sie ihn jemals vergessen? Die Erinnerungen und all die Fragen, die sie niemals würde stellen können, schmerzten höllisch. Wie ein stumpfes Messer bohrten sie sich in ihre Brust. Das Atmen fiel ihr schwer, und nichts erschien ihr mehr sinnvoll. Wozu noch leben, wenn sich das gleiche alte Trauerspiel doch immer nur wiederholte! Sollte das ihr ganzes Leben lang so weiter gehen? Wie hatte sie nur so dumm sein können, und nicht auf ihren Verstand, sondern auf ihr albernes Herz hören können!

Seine Küsse, Hände, Worte waren so schön, so süß, so schwerelos gewesen … Wer hätte jemals vermuten können, dass Harper nicht Harper war?

Susan.

Ausgerechnet Susan mit ihrem Faible für Show, Drama und Unglaubliches. Ausgerechnet sie hatte recht gehabt. Und selbst auf ihre beste Freundin hatte sie nicht gehört! Niedergeschlagen schüttelte sie ungläubig den Kopf und wischte sich mit den Handballen über die Augen. Da sie kein Make-up trug, musste sie sich zumindest um einen aus der Mode gekommenen Waschbär-Look keine Sorgen machen.

Wegen Harper hing der ganze Haussegen schief. Sie sprach kein Wort mehr mit Rick, denn der hatte die ganze Zeit über gewusst, dass Harper nicht Harper war und hatte sie nicht gewarnt. Wenn seine Freundschaft für den Lügner stärker war als zu ihr, dann konnte sie auf die mit Rick verzichten! Er hatte sich zwar tausend Mal bei ihr entschuldigt und versucht, ihr alles zu erklären (warum Harper aus Deutschland nach Dublin gekommen war, dass er ihn gebeten hatte, ihm ein paar Tage „normales Leben" zu gönnen, dass er von seinem Vater wusste, wie sehr Stars unter dem Druck und der Öffentlichkeit leiden konnten, dass er aber gehofft und von Harvey das Versprechen erhalten hatte, ihr rechtzeitig alles zu gestehen.

Doch all das half ihr nun auch nichts mehr.

Was war das alles nur für eine gequirlte Entengrütze!

Das helle Gebimmel der Türglocken riss sie aus ihrem Trübsinn. Für den Bruchteil einer Sekunde war sie sicher, dass einzig und allein Harper vor ihr erscheinen könnte, doch sofort verwarf sie den Gedanken wieder. Als sie aufsah, musste sie zu ihrem Entsetzen feststellen, dass es noch grausamer als befürchtet sein konnte, denn vor ihr stand Brian. Sein dämlicher karottenfarbener Ziegenbart schien krank im Licht der künstlichen Beleuchtung.

„Hallo Alexandra“, grüßte er betont lässig und ließ sich dabei den Lederschulranzen seines Ur-Großvaters von der Schulter gleiten. Alexandra erschauderte und erhob sich pflichtbewusst und todesmutig.

„Hallo Brian. Was kann ich für dich tun?” Schwer atmete sie aus und strich sich ein paar lose Strähnen hinter die Ohren.

„Ich wollte nur mal vorbeischauen, sehen, wie’s dir so geht“, sagte er und versuchte, freundlich zu lächeln, was ihm misslang. Hatte er schon immer so grauenhaft eingefallene Wangen gehabt? War er immer schon so dünn, ja, hager gewesen? Was zum Geier hatte sie an dem bloß gefunden?

Obwohl sie selbst an Herzschmerz zu Grunde zu gehen drohte, tat er ihr leid. Die vernichtende Kritik musste ihm arg zugesetzt haben, und da sie ein guter Mensch war, lächelte sie ihm aufmunternd zu.

Doch wie sich bald herausstellen sollte, war er kein so guter Mensch, denn nachdem er sich zwei Mal hatte bitten lassen, mit seinem Anliegen rauszurücken, tat er es und offenbarte dabei Folgendes: „Du hast doch von einem Verlagshaus gesprochen, das du aufziehen willst?“, fragte er mit immer höher werdender Stimme. Dabei folgte sein

Ziegenbart der Tonhöhe, was Alexandra zum ersten Mal seit Tagen zumindest ein wenig schmunzeln ließ, bevor eine neue rabenschwarze Gewitterwolke über ihr aufzog.

„Ach, das ist noch nicht ganz in trockenen Tüchern“, antwortete sie von daher ausweichend und nahm wahllos ein Buch zur Hand. Harper! Das hatte sie jetzt von seinen elenden Lügen! Oh Gott, wie sehr sie den Kerl – nein, nicht hasste, aber zumindest ein Zehn-Jahres-Abo in der Hölle wünschte!

Brian druckste ein wenig herum, trat von einem Fuß auf den anderen und meinte dann eher beiläufig: „Aber hast du dir denn schon mal Gedanken darüber gemacht, welche Art von Büchern du verlegen möchtest?“

Alexandras Mund ging auf und ihre Kinnlade klappte in Richtung Boden. *So bekommt das Gehirn mehr Luft*, hatte ihr Großvater immer gesagt. Warum fiel ihr dieser alberne und völlig unbrauchbare Spruch ausgerechnet jetzt ein, wo Not am Mann war? Sie war knapp davor, Brian die Wahrheit zu sagen, klappte den Mund dann aber gerade noch rechtzeitig zu und dachte erst mal nach. Er wollte doch nicht wirklich … Doch! Ja, war es denn zu glauben!

„Und … wann wirst du das denn entscheiden?“, bohrte er nach und starrte sie erwartungsvoll an.

Alexandras Augen wurden schmal; scharf sah sie ihn an, als sie ihn mit gepresster Stimme fragte: „Warum willst du das denn wissen? Suchst du etwa einen Verleger?“

Nervös blinzelte Brian und machte einen Schritt zurück. „Ähm – ja. Ich habe einen neuen Satz an Gedichten und ich wollte dir als Erste die Gelegenheit geben, sie anzuschauen.“

Zum Ende des Satzes hin gelang es ihm, eine selbstsichere, sogar überhebliche Miene aufzusetzen. Dazu reckte er erneut das Kinn in die Höhe, schloss diesmal jedoch die Augen bis auf einen kleinen Spalt und blinzelte nervös, was einfach abstoßend aussah. Wie ein Tsunami rollte die Wut über sie hinweg. Was bildete dieser unverschämte Kerl sich eigentlich ein? Nach allem, was er ihr angetan hatte?

„Als Erste?“, stieß sie ungläubig hervor, verschränkte die Arme vor der Brust und zog den Kopf zurück.

Brians Blick schwankte zwischen Hochmut und Furcht. Er nickte mehrmals, bevor er hinzufügte: „Ja, sie sind brandaktuell. Ich wollte sie gerade zu meinem Agenten bringen, als du mir eingefallen bist. Ich würde dir gerne helfen, denn wenn du gleich mit mir an den Start gehst, wird dir das ungeheure Vorteile verschaffen!“

Ungläubig schnappte sie ob dieser Unverschämtheit nach Luft. Da streckte er schon die Hand in ihre Richtung aus. Die Hand, in der er besagte Verse hielt. Doch Alexandra bewegte sich nicht. Keinen Millimeter kam sie ihm entgegen, sondern blieb wie eine Statue stocksteif stehen.

„Bitte“, sagte er mit einem verschwommenen Grinsen. „Nur zu! Ich bestehe darauf. Trau dich! Du bist immer so schüchtern.”

Da erreichte die Sturmwelle ihren Scheitelpunkt. „Schüchtern bin ich? Und was bist du?”, brauste sie auf. „Weißt du was? Ich will deine miserablen Gedichte nicht. Sie taugen nichts. So einfach ist das! Du kannst sie deinem Agenten bringen oder sie dir sonst wohin schieben! Und jetzt verschwinde! Ich will dich nie mehr sehen, du miese Ratte!“

„Aber warum denn?“, fragte er allen Ernstes auch noch und lächelte sie dämlich an.

„Weil sie nichts taugen.“ Sie selbst zuckte unter der Grausamkeit ihrer Worte zusammen, aber Brian wollte es nicht anders.

„Wie bitte?“, stammelte er, sein Ziegenbart wackelte und seine Arme ruderten. „Was redest du da?“ Und dann fegte der Tsunami weiter, hinterließ in ihr eitlen Sonnenschein, wenn auch über einem kahlen Land. Dafür zitterte jetzt Brian. Er war sich ihrer immer so sicher gewesen, doch das war nun anders.

„Schau, Brian“, sagte sie nun in einem Tonfall und mit einer Gestik, als spräche sie mit einem kleinen Kind. „Ich habe die in deiner Sammlung und ältere, bislang unveröffentlichte gelesen. Ich weiß, wovon ich spreche. Sie sind nicht gut.“

„Nicht gut?”, wiederholte er schwach und schwankte hin und her, unschlüssig, ob er sie angreifen sollte oder nicht.

„Ja, nicht gut. Sie sind nicht mehr als lose und völlig sinnlos aneinander gereihte Worte. Gut, hier und da ist eine Metapher interessant, oder der Rhythmus, aber das war‘s auch schon. Der große Überbau fehlt, das nachhallende Erlebnis bleibt aus. Sie lassen den Leser kalt.“ All das sagte sie ohne mit der Wimper zu zucken.

Eine Unzahl von Gefühlen spiegelte sich in seiner Mimik und Körpersprache. Anfangs war er wütend und schien zu denken, dass er ihre harsche Kritik nicht verdiente, doch dann wich dieses Gefühl einer grenzenlosen Scham und er ließ seinen hochroten Kopf mit den glühenden Ohren und dem scheinbar in Flammen stehenden Ziegenbart hängen.

„Ach, was weißt du denn schon! Du hast doch in deinem ganzen Leben noch nie ein Gedicht geschrieben!“, fauchte er sie an und stopfte die Blätter mit den verurteilten Versen wieder in den alten Ranzen, der ihm den Anstrich eines Intellektuellen geben sollte.

„Hab ich auch nicht. Ich lese sie nur und deswegen bin ich durchaus in der Lage, Schätze von Schrott zu unterscheiden!“, fügte sie kalt hinzu. Sie zitterte, so sehr genoss sie zum einen den Rausch der Überlegenheit, aber so sehr fürchtete sie sich auch vor dem Fall. Er zuckte zusammen und setzte zum erneuten Gegenangriff an, doch da sie seinen Karottenbart keine Sekunde länger mehr ertragen konnte, griff sie sich ein x-beliebiges Buch und steckte die Nase hinein. „Und jetzt hau ab. Ich kann dich nicht mehr sehen.“

Wie hatte Charles Bukoswki eines schnöden Tages so schön gesagt: „Der Umgang mit Menschen ist meistens vergebens, der mit Büchern nie.“ Wie wahr!

Ein überwältigendes Triumphgefühl überkam sie, als Brian wie ein geprügelter Hund aus dem Laden schlich.

Wenn sie mit dem Kerl fertig wurde, würde sie auch über Harper hinwegkommen. Doch Harper war … anders.

Berauscht starrte sie Brian nach. Das Lächeln in ihrem Gesicht wurde immer breiter, bis es ihre Augen erfasste und von einem Ohr zum anderen reichte. Dann braute sich ein ohrenbetäubendes Lachen in ihr zusammen, das wie heißes Wasser aus einem Geysir aus ihr herausschoss. Sie lachte und lachte und lachte, bis sie nicht mehr stehen konnte und auf den Boden plumpste. Keine Frage: Hysterie hatte eine Ventilfunktion.

Wie recht Harper doch gehabt hatte, als er sagte, dass man manchmal egoistisch sein durfte und sich nicht alles gefallen lassen musste! Endlich hatte sie sich gewehrt! Noch vor wenigen Tagen hätte sie Brians Gedichte angenommen und sich verpflichtet gefühlt, ihm zu helfen, aber wozu? Seitdem sie ihn kannte, hatte er sie nur ausgenutzt.

Harper. Er hatte etwas in ihr verändert, das wusste sie, auch wenn noch nicht klar war, was genau es war und wie weit es reichte.

Sie musste ihn wieder sehen! Nur einmal. Nur kurz. Nur alles klären! So konnte man sich doch nicht für immer trennen. Nicht nach dieser Nacht! Aber sollte sie sich bei ihm melden? Nein. Sie würde ihm nicht nachlaufen. Nicht mehr. Diesen Fehler hatte sie bei all den Männern davor gemacht, sich lächerlich gemacht, sich selbst erniedrigt. Nein. Harper hatte sie auf widerliche Art verlassen, da lag es an ihm, sich zu melden.

Doch bislang hatte er sich nicht gemeldet und das tat verdammt weh.

Da die Türglocken bestimmt weit davon entfernt waren, erneut zu bimmeln, ging sie zum Computer. Es war ein merkwürdiges Gefühl, seinen Künstlernamen einzugeben. Harvey Slate. Der fremde Name eines Fremden, den sie zu kennen geglaubt hatte. Wie verwirrend! Da tauchte er vor ihr auf. Sein Name, sein Gesicht, pechschwarze Haare, die auf einer Seite mit viel Haarlack über dem Auge fixiert waren. Ein Popstar- Outfit, seine Songs und Videos, Fotos von Partys, Zeitungsartikel auf Deutsch, die sie nicht verstand … Keine Frage, der Mann war ein Star.

Ein Star.

Dabei hatte er so normal gewirkt! Sie hatte ihm das mit dem digitalen Nomaden wirklich abgenommen. Sie suchte nach den deutschen Charts und war froh, dass sie schon saß, denn seine neue Nummer war auf Platz 1.

Sie, Alexandra Murphy, stolze Verächterin von seelenloser Musik, hatte sich in Deutschlands größten Popstar verliebt! Es war so jämmerlich, dass es beinahe lustig war.

18 Harvey

„Soll das ein Witz sein?", schnaubte Herr Schröder fünf Tage später und wischte sich den Schweiß von der faltigen Stirn. Dann beugte er sich in seinem cremeweißen Chefsessel nach vorne und schaute zuerst zu Marc, der an dem raumhohen Fenster stand, und dann zu Harvey, der anscheinend tiefenentspannt auf dem braunen Ledersofa lag. In Wahrheit brodelte es in ihm jedoch wie in einem Vulkan, Minuten vor der Eruption.

Seit dem Tag seiner beinahe gewaltsamen Entführung aus Dublin hatte er kaum geschlafen, gegessen oder getrunken. Beinahe zwei volle Tage hatte er damit verbracht, traurigste Lieder zu hören, zu weinen und sich mit Selbstvorwürfen zu überhäufen.

Sein Kopf dröhnte und sein Körper schmerzte vom Schlafmangel, doch das alles war nichts im Vergleich zu seinem leidenden Herz. Er hatte das Gefühl, als würde es von einer monströsen Hand zerquetscht. Ausgequetscht. So lange, bis er daran verblutete. Nur das kleine Fünkchen

Hoffnung, ihr durch das Lied sagen zu können, wie sehr er sie liebte, hielt ihn aufrecht. Und die Hoffnung, sie möge ihm verzeihen. Bislang schien diese Hoffnung allerdings keinerlei Berechtigung zu haben, denn egal, wie oft er anrief, nie hob jemand ab. Auch seine E-Mails und Kurznachrichten blieben unbeantwortet. Dabei wollte er doch nur mit ihr reden, ihr sagen und zeigen, wie leid ihm alles tat, und dass er sie niemals hatte verletzen wollen! Dass er sie nur verletzt hatte, weil er sie nicht hatte verlieren wollen. Dass er sie zurückhabenwollte! Mehr als alles andere auf der Welt. Es war einfach nicht fair, dass er keine Chance bekam, sich zu erklären. Aber er würde sich diese Chance erkämpfen, das hatte er sich geschworen. Deswegen hatte er sich entschieden, ein Lied für sie zu komponieren. „Yesterday“ von den Beatles war an einem Tag komponiert worden, ebenso wie sein „Hear me say your name“. Wahrscheinlich musste man nur vollkommen in einem Gefühl drin stecken, so tief, dass man außer diesem Gefühl, dieser Ohnmacht und Trauer keine Welt mehr sah, dann schrieben sich Text und Musik von selbst. In seinem großen Berliner Bekanntenkreis hatte sich Leona gefunden, eine Saxophonistin, die ihn begleitet hatte, während er Gitarre spielte, und gestern Abend war der Song in seinem Heimstudio fertiggestellt worden. Noch vor dem Termin mit Herrn Schröder hatte er es an Magic 5 FM geschickt. Magic 5 FM war der Nicht-Mainstream-Radiosender, den alle im Haus hörten, wenn sie Radio hörten. Sein „Hear me say your name“ passte genau in das Konzept des Senders und mit etwas Glück würde das Lied tatsächlich gespielt werden. Die letzten lang gezogenen, jammernden Saxophon-Töne verklangen. Harvey öffnete die Augen und setzte sich auf.

„Was soll das bitte sein?“, hakte sein Produzent nach, und erst da wurde Harvey klar, dass er dessen erste Frage ignoriert hatte.

„Das ist mein neuer Song“, antwortete Harper sachlich und stützte die Arme auf die Oberschenkel.

„Dein. Neuer. Song?”, wiederholte der Produzent jedes Wort einzeln.

„Ja. Genau. Erkennst du meine Stimme ohne den Weichspüler drüber nicht?”

Herr Schröder sah ihn an, als hätte jeder Einzelne im Raum den Verstand verloren. Dann rappelte er sich auf und sagte mit seiner fiesen, öligen Stimme: „Also, Harvey, ich bin mir sicher, dass der Song sehr tiefsinnig und philosophisch ist.“ Er machte eine Pause und beinahe, aber nur beinahe, wäre Harvey darauf hereingefallen. Um ein Haar hätte er an seine Chance geglaubt, aber da sprach Herr Schröder schon weiter: „Nur werden deine Fans das nicht verstehen.“ Er verschränkte die Finger ineinander, drückte die Innenseiten nach außen und ließ die Gelenke knacken, bevor er sich in seinem luxuriösen Sessel gebieterisch zurücklehnte.

„Ich glaube, du unterschätzt meine Fans.“ Harvey stand auf. Sein Blick war kühl, denn nichts anderes hatte er erwartet, aber trotzdem war er enttäuscht.

„Was ich meine, Harvey, ist, dass sie das nicht von dir hören wollen. Sie sind zu jung dafür. Also, ich weiß nicht, ob Marc es dir schon erzählt hat, aber wir haben die Unterschrift von Gordon James so gut wie in der Tasche, dass er mit dir zusammen eine Single macht. Das wird dein Durchbruch in den USA!“ Er klatschte in die Hände, und in seinen Augen leuchteten die Dollarzeichen.

„Gordon James?“, wiederholte Harvey verwirrt und sah Marcs schuldbewussten Blick. „Der Justin Bieber-Verschnitt?“

„Ganz genau! Eben jener höchst persönlich. Ihr werdet perfekt zusammenpassen!“, antwortete Herr Schröder und stand auf, was ein unmissverständliches Zeichen dafür war, dass Harvey und Marc nichts mehr zu sagen hatten, sondern gehen sollten.

„Und aus wie vielen Wörtern soll unser Song bestehen?“, schnappte Harvey. „Mehr oder doch eher weniger als fünf?“

„Sehr witzig, danke-dass-du-vorbeigeschaut-hast, Harvey”, nuschelte der schmierige Produzent in beinahe einem Wort. „Marc arrangiert gleich die Interviewtermine mit der Bravo und Tele5, okay? Ich gehe davon aus, dass wir die Unterschrift von Gordon heute Abend noch auf dem Tisch haben sollten.“

„Moment. Ohne meine Unterschrift kommt der Vertrag nicht zustande, und ich werde diesen Vertrag nicht unterschreiben. Ich will nicht in die Disney-Show, und überhaupt kann Amerika mir gestohlen bleiben.“

„Lustig, wirklich, sehr lustig!“

„Das war kein Witz. Aber gut, dass dir mein Song nicht gefällt und du ihn in die Tonne geworfen hast. Das heißt ja nun nichts anderes, als dass ich damit machen kann, was ich will, richtig?“

„Du hast einen Vertrag mit uns, Harvey“, erwiderte Schröder, wobei sich sein ausgestreckter Zeigefinger langsam von Harveys Brusthöhe auf die Tischplatte senkte.

„Na und? Willst du mich verklagen? Schön, nur zu! Ich bin echt so weit, dass ich bezahle, nur um aus dem Vertrag und diesem leeren Leben rauszukommen.". *Aus diesem Albtraum!*

Schröders scharfe Augen flitzten von links nach rechts. Er wurde unruhig, doch seine Stimme war nur eine kleine Spur höher als gewöhnlich. „Nun, Harvey, das würde ich mir an deiner Stelle gut überlegen. Ich kenne das Geschäft, und ich kann dir sagen, dass dein Song gut, aber nicht überragend ist. Er ist zu folk-lastig und zu langsam."

Harvey warf den Kopf in den Nacken und lachte. „Glaubst du, das weiß ich nicht? Ich habe ihn so geschrieben, weil ich es genau so will. Ich weiß, dass er sich verkaufen wird, weil er ehrlich ist. Das spüren die Leute. Auch wenn ich damit meine jetzige Fanbase verliere, kann ich mir damit eine neue aufbauen." Harvey war an Schröders Schreibtisch getreten und stützte sich mit den Fingerspitzen ebenfalls auf der Tischplatte auf.

„Ich wollte es nicht wahrhaben, aber du hast wirklich den Verstand verloren, Harvey. Warum überlässt du diese Art von Musik nicht einfach den Indie-Bands, und bleibst bei dem, was du am besten kannst?", beharrte Schröder und starrte ihn bedrohlich an.

„Aber genau das ist es, was ich am besten kann“, verteidigte Harvey sich.

Unnachgiebig schüttelte Schröder den Kopf. „Dann geht woanders damit hin. Du kennst meine Meinung und die Sachlage dazu. Das Ding wird nicht laufen.“

Geh woandershin damit? Hatte Schröder das wirklich gesagt? Ja, hatte er! Beinahe wäre Harvey in die Luft gesprungen, schaffte aber gerade noch rechtzeitig, seine wahren Gefühle zu verbergen. So nickte er dem Produzenten nur mit einem schiefen Lächeln zu und ließ ihm das letzte Wort.

„Schönen Tag dann noch“, verabschiedete Harvey sich und hob die Hand erst zum Gruß, als er sich schon weggedreht hatte, und winkte über die Schulter. Kaum hatte sich die schwere Glastür zum Treppenhaus hinter ihm geschlossen, reckte er die Faust in die Luft und schrie gedämpft auf. „Jawohl!“ Das war viel besser gelaufen, als er es erwartet hatte! Er konnte tun und lassen, was er wollte! Zumindest mit dem einen Song. Er setzte gerade an, die Treppe in großen Sätzen hinunter laufen, als Marc ihn rief.

„Harvey! Warte!“

„Marc! Schickt Schröder dich, damit du auf mich aufpasst?”

„Sei doch nicht so. Ich arbeite für dich, nicht für Schröder”, erklärte Marc, woraufhin Harvey sich zu ihm umdrehte und amüsiert grinste.

„Ach, hast du deine Meinung etwa geändert?“

„Das ist nicht meine Meinung, das ist Tatsache. Und der Song ist der Hammer! Er ist mit Abstand das Beste, was du jemals geschrieben hast!“

„Oha!“ Harvey traute seinen Ohren nicht.

„Im Ernst. Ich bin schwer beeindruckt.“

„Schön! Sehr schön sogar, freut mich, zu hören! Heißt das, dass du mich weiterhin managest?“

„Und noch mal mit dir von vorn anfängst?“ Marc zwinkerte ihm zu und legte einen Arm um Harveys Schultern. „Klar, warum nicht!“ Er lachte laut und zog seinen Schützling an sich. Nun lachte auch Harvey und umarmte Marc in etwas mehr als dem typischen Männer-Abklopfen. „Hey, Marc, auf ein Neues!“

„Auf ein Neues, Harvey! Und noch etwas: Aus dem Vertrag mit Schröder sollten wir leicht rauskommen, jetzt, da er deine Single abgelehnt hat. Nur die Tournee wirst du durchziehen müssen. Wenn du sie ohne Ersatztermine absagst, werden dir das nicht nur die Fans nie verzeihen. Es wird schwer, danach je wieder einen Fuß auf den Boden zu bekommen. Schau, es sind nicht mal ganz vier Wochen. Wir machen eine Abschiedstournee daraus, okay?“

Auch wenn sich alles in Harvey gegen die Vorstellung sträubte, noch einmal im Teddybären-Slip-Kondom im Regen stehen zu müssen, so sah er das Licht am Ende des Tunnels. Seine Abschiedstournee. Der Anfang von etwas Neuem.

„Okay, ist gut. So machen wir das!“

„Und was ist mit dem Mädchen?“, fragte Marc vertraulich, als sie unten auf der Straße standen.

„Oh … Alexandra …“ Für ein paar Minuten hatte er nicht an sie gedacht und die neue Freiheit genossen. Doch jetzt war ihm wieder, als hätte es sein ganzes Leben lang mit Ausnahme der Zeit mit ihr nur geregnet. Sein Blick ging sehnsüchtig in die Ferne. „Ach, ja … Das ist leider nicht besonders rosig.“

„Was heißt das denn genau?“

„Ich kann sie nicht erreichen und niemand antwortet mir auf meine Anrufe oder Nachrichten. Da ist nichts mehr zu machen“, seufzte Harvey und konzentrierte sich auf seine Atmung, da sein Brustkorb bedrohlich eng wurde.

Natürlich hatte er einen Plan, doch da er in den letzten Tagen ausreichend Gründe gesammelt hatte, Marc zu misstrauen, wollte er ihm nichts davon erzählen.

„Harvey!“, ermahnte Marc ihn sanft und brachte ihn so dazu, ihn wieder anzuschauen. „Es ist immer was zu machen. Glaub mir das!”

Harvey schüttelte den Kopf, doch Marc, ganz der Manager, setzte entschieden nach: „Und genau das machen wir jetzt!”

19 Alexandra

Alexandra litt.

Sie konnte und wollte nicht glauben, dass Harvey-Harper einfach so abgehauen war. Ohne ein Wort, ohne sich noch einmal zu melden. Gestern war es eine Woche her, dass sie ohne ihn aufgewacht war. Pechschwarze, kalte Tage lagen hinter ihr. Susan und die Zwillinge hatten sie getröstet und Rick hatte sich bei ihr entschuldigt. Er würde nie mehr etwas tun, das ihr Seelenheil auch nur ansatzweise gefährdete, hatte er ihr mehrmals versichert.

Wie konnte er sich nur einfach so aus ihrem Leben schleichen! Die Zeit mit ihr und sie selbst konnten ihm unmöglich etwas bedeutet haben. Er war wohl doch so ein arroganter, oberflächlicher Idiot, der einen vergaß, sobald er einen nicht mehr sah.

Die Sonne strahlte auf geradezu lächerliche Weise vom Himmel und Alexandra durchlebte Tage, an denen sie weder an die Liebe noch an den Sinn des Lebens glauben konnte. Dann musste sie sich setzen, damit der schneidende

Schmerz in ihrer Brust sie nicht umriss. Noch immer fühlte sie sich wie amputiert, als fehle ihr ein Arm oder Bein, aber vor allem das Herz. Sie konnte und wollte einfach nicht glauben, dass die Liebe, die sie in seinen Augen gesehen und in seinen Berührungen gespürt hatte, vorgetäuscht sein konnte, auch wenn die Lüge die einzig mögliche Antwort war.

Es war Samstagvormittag. Ein Samstag wie der, an dem vor zwei Wochen Harper wie aus dem Nichts bei ihnen aufgetaucht war, nur dass diesmal kein Kater in ihr wütete. Wie alle zwei Wochen hatte sie frei und war gerade dabei, das Frühstück zuzubereiten. Wie üblich lief Radio Magic 5 FM und nach einem alten irischen Hit aus den 90ern kündigte Kenny Nolan, der Moderator, eine Sensation an. Bevor er viele Worte darüber verlieren wollte, bat er seine Zuhörer einfach, sich die folgende Nummer anzuhören. So etwas Ähnliches sagte er oft, und Alexandra schmunzelte, denn Kenny Nolans Enthusiasmus für neue Namen war legendär.

Sanft und schwermütig schwebten Gitarrenklänge in Alexandras Küche. Nach einigen Takten gesellte sich ein heulendes Saxophon dazu. Alexandra ließ das Messer, mit dem sie die Erdbeeren zerschnitten hatte, sinken und lauschte ergriffen. Wie unendlich viel allein in diesen Tönen mitschwang! Ihr wurde schwer und leise begann sie zu weinen. Die Musik traf sie mitten ins Herz. Genau so fühlte sie sich.

Und dann die Stimme.

Und ihr Schrei.

„How can I tell you how sorry I am …“

Harper! Das konnte nur er sein! Sie erstarrte, während das Blut siedend heiß durch ihre Adern raste.

„I'm begging you, begging you, to listen to what I've got to say to you."

Harper!

Aber für wen war das Lied? Nicht für sie, so viel stand fest, denn sie hätte alles gegeben, um ihm zuhören zu können.

„Whenever I try to get in touch, you're not there."

Keine Antwort auf seine Anrufe? Sie rief er ja nicht an. Oh, Harper! Er hatte doch eine andere!

„But, please, plea-se believe me: I never meant to hurt you, never meant to cause you any pain.“

Hatte er mehrere Frauen so mies behandelt? Wie gebannt hörte sie weiter zu, während die widersprüchlichsten Gefühle in ihr stritten.

„My silence was meant to save you, but I lost you in the end. Oh, my Irish love … Hear me say your name … Like an endless prayer …"

Harper! Dass war eindeutig Harpers Stimme, die da weiter von einem Kampf unbewusster Mächte sang, vom Schicksal und von Vorbestimmung und von der einen großen Liebe, die die Kraft hätte, alles zu heilen. Und von der Blindheit und falschen Ängsten.

Restlos verwirrt brach Alexandra schließlich zusammen. Sie sank auf den Boden, schluchzte haltlos, nachdem der Moderator den Sänger als Harper Schopenhauer bestätigt hatte.

Da flog die Tür auf. „Alex?", kreischten die Zwillinge und Susan mit sich überschlagenden Stimmen. „Du – hast du das gerade gehört?", „Im Radio? Harper?", „Scheinbar …"

„Oh Mann, Süße", seufzte Susan und kniete sich als Erste neben sie, um die Arme um sie zu schlingen. „Es ist so ein wunderschönes Lied und so viel ernster! Und für dich, Irish love! Komm, wein doch nicht! Ihm scheint ja doch etwas an dir zu liegen“, tröstete Susan Alexandra.

„Es kann nur für dich sein!“, bekräftigte Natalie heftig nickend.

„Vielleicht hat er sich nur deinetwegen getraut, seinen Stil zu ändern!“, rief Melanie und starrte sie an.

„Ja, aber“, schniefte Alexandra, wischte sich die Tränen aus den Augen und musste beinahe lachen. „Warum würde er so etwas tun?“ Ratlos schaute sie von einer Freundin zur anderen.

„Weil es ihm leid tut“, schlug Melanie ernst, aber bestimmt vor. Auf Alexandras Stirn bildeten sich Falten und ihr Blick verdüsterte sich, bevor sie mit einem lautstarken „Das ist doch der Hohn!“ aufbrauste. „Er hat uns alle angelogen und verarscht. In Wahrheit hat er sich nie gemeldet und dass er in dem Lied jetzt so tut, als würde ich ihm keine Chance zum Reden geben, ist einfach unfair! Total feige und fies!“

„Sch –sch, warte mal“, beruhigte Natalie sie da. „Bei uns im Laden gingen schon des Öfteren Anrufe ein. Die Verkäuferinnen haben seinen Namen und die Nummer notiert, aber …“

„Aber?“, kreischte Alexandra und sprang mit weit aufgerissenen Augen auf. „Warum habt ihr mir nichts davon gesagt? Warum?“

„Weil … es tut mir echt leid, aber …“, stotterte Natalie.

„Weil wir dir nicht noch mehr wehtun wollten. Es sah alles so schäbig aus“, fuhr Melanie fort.

„Ich will aber mit ihm reden! Das wisst ihr doch genau!“, tobte Alexandra, und fuchtelte wild herum. Aus ihren dunkelgrünen Augen sprühten böse Funken. „Wie könnt ihr mir so etwas einfach verschweigen!“

„Entschuldige bitte, es – es tut uns echt leid, wir dachten nur …“

„Denkt nicht immer so viel!“, fauchte Alexandra und drückte die Faust vor den Mund.

„Vielleicht sollten wir über Rick mit ihm Kontakt aufnehmen? Wir haben seine Nummer leider weggeworfen“, schlug Melanie versöhnlich vor, aber Alexandra zog ein mürrisches Gesicht und fauchte: „Ja, später. Er ist ohnehin gerade beim Fußball. Ich brauche jetzt erst mal meine Ruhe, um über alles nachzudenken.“

„Tu das, Liebes“, stimmten ihr alle zu.

„Aber das Lied ist wirklich wunderschön, es geht einem sofort ganz tief unter die Haut“, schwärmte Susan und drückte Alexandra fest an sich.

„Er muss dich wirklich fürchterlich vermissen und es muss ihm schrecklich leidtun“, vermutete Natalie.

„Bestimmt leidet er genauso wie du“, mutmaßte Melanie.

„Sonst hätte er sich auch nicht so beeilt. Es ist schon nicht so einfach, ein Lied binnen einer Woche an einen Radiosender zu schicken!“

20 Harvey

Harper - denn das war er in dieser Stadt - nahm gerade seinen Kulturbeutel aus dem Koffer, der auf dem Bett seines Dubliner Hotelzimmers stand.

Am anderen Ende der Funkverbindung war Marc, der wissen wollte: „Also, machst du die Show jetzt oder nicht?"

„Wie bitte, worum geht's noch mal genau?" Es fiel ihm schwer, sich auf das Telefonat zu konzentrieren, denn ihm blieben nur wenige Stunden!

„Ob du die Show machst. Den kleinen Auftritt am Donnerstag in der G-Late-Show. Die Fernsehshow ist doch perfekt als Einstimmung auf die Abschiedstournee. Kann ich zusagen?"

„Ja, klar, mach das …" Er hatte jetzt wirklich andere Sorgen, als sich mit einem Fernsehauftritt in fünf Tagen zu beschäftigen! Wobei er zugeben musste, dass Marc klasse Arbeit geleistet hatte, seinen neuen Song und die damit einhergehende Veränderung vorzubereiten. „Die Show ist das Beste, was uns passieren kann. Danke dir, Marc!"

Am Dienstagmorgen begannen die Proben für die Abschiedstournee, was ihm nur einen ganzen Tag hier gab, bevor er am Montagabend wieder zurückfliegen musste.

Aber bis dahin hatte er andere Sorgen! Er musste los.

21 Alexandra

Lange war Alexandra durch die belebten Straßen Dublins gestreift. An jeder Ecke musste sie an Harper denken. Auch wenn er nur knapp eine Woche bei ihnen verbracht hatte, so hatten sie doch viel gemeinsam erlebt. Hier, im St. Stephen's Green, waren sie Brian und Gemma begegnet. Und hier, am Kanal, hatte sie mit Harper über Treue und Fremdgehen gesprochen. Und da, am Liffey …

Schon lange spürte sie, dass sie ihn anrufen wollte. Doch da sie in den vergangenen Jahren mit ihrem *pro-aktiven Verhalten* so oft auf die Nase gefallen war, wollte sie in Ruhe darüber nachdenken, ob der Schritt tatsächlich klug war. Nirgendwo anders ging das besser als in dem berühmten *Bewley's* Café, in das sie schon als Kind mit ihrer Oma in der Vorweihnachtszeit so gern gegangen war. Dort würde sie bei einer gemütlichen Tasse Tee und einem *Danish,* vielleicht einer Vanilleschnecke oder einem Nusshörnchen, in sich hineinhören.

Tief in Gedanken versunken ging sie die wie immer gut besuchte Grafton Street hinunter. Aber was war denn da vorne los? Eine riesige Menschenmenge versperrte die Fußgängerzone. Einige Leute hielten ihre Handys über den Köpfen und filmten. Der Straßenkünstler musste ja etwas ganz Besonderes sein, dachte sie gerade noch – bevor sie einen Sekundenbruchteil später erstarrte. Das – nein, das konnte gar nicht sein! Das war doch der Refrain von „Hear me say your name“, den die Leute mitsangen! Hatte Harvey das Lied am Ende geklaut und es war weder von ihm, noch für sie? Hatte … war … Alles drehte sich und ihr war, als würde der Boden unter ihren Füßen weggezogen. Wie von einem unheilbringenden Magneten angezogen, steuerte sie auf die Menge zu, legte die Handflächen aneinander und streckte die Arme vor sich aus, wie beim Brustschwimmen So bahnte sie sich den Weg durch die Zuschauer bis ganz nach vorne. Bis ganz nach vorne, wo sie glaubte, zu träumen, das Himmelreich zu betreten oder die lebenslange Hauptrolle in einem schlechten Film übernommen zu haben.

Das konnte doch gar nicht wahr sein!

22 Harper

Harvey sang mit geschlossenen Augen gegen den nagenden Schmerz und die Aufregung an. Das hier war die Generalprobe, denn um vierzehn Uhr würde er vor *Mr Smith's books* stehen und auf Alexandra warten. Wenn sie den Laden verließ, würde er das Lied anstimmen und, wenn sie es ihn zu Ende singen ließe, würde er sie um ein klärendes Gespräch bitten. Inständig betete er, dass dieser Fall eintreten möge. Andernfalls wäre er gezwungen, neben ihr her zu laufen und zu versuchen, ihr im Gehen alles zu erklären.

Der Menge um ihn herum gefiel das Lied. Er sang es bereits zum zweiten Mal, einige Passamten waren auch für die zweite Runde stehengeblieben und sangen den Refrain mit. Das Verhalten beruhigte ihn, und er redete sich ein, dass es ein gutes Zeichen für Alexandras Reaktion wäre, was natürlich absoluter Unsinn war, doch das spielte momentan eine stark untergeordnete Rolle. Noch eine Runde, dann musste er los. Bloß nicht zittern!

Endlich!

„Say … your … name, my love”, hauchte er die letzten Worte und ließ das Lied ausklingen. Applaus brandete auf, er verbeugte sich und öffnete die Augen, als er sich wieder aufrichtete.

Und da war er sich sicher, dass er halluzinierte.

Die Leute knipsten Fotos und warfen Münzen in seinen Gitarrenkoffer.

Aber die Frau, die er anstarrte, starrte auch ihn an. Absolut regungslos und völlig ungläubig.

Er riss Augen und Mund auf und taumelte ein paar Schritte nach hinten.

„A... Alexandra!“, stieß er völlig entgeistert hervor.

„Harper!“

„Ich …“

„Du …“

„Ich wollte dich bei deinem …“

„...?“

„… bei deinem Buchladen abholen. A... aber …“

„Ich bin schon da.“

Unbewusst waren sie aufeinander zu gegangen. Nun standen sie einander so dicht gegenüber, dass sich ihre Nasenspitzen beinahe berührten.

Bebend atmeten sie ein.

„Du ... du bist einfach abgehauen“, murmelte sie.

„Ich weiß, und es tut mir so unendlich leid. Ich wollte dir alles erklären, aber dann kam … kam unsere Nacht dazwischen“, stammelte er und spürte, dass seine Wangen bei der Erinnerung rot wurden. Verschämt schaute er an sich hinab und blickte direkt auf Alexandras Brüste. Nun wurde er noch röter und das vertraute, belebende und höchst erregende Kribbeln, das er seit seinem unfreiwilligen Abschied nur noch dunkel in Erinnerung gehabt hatte, kehrte zurück.

„Unsere Nacht …“, sagte sie heiser und schluckte hörbar.

„Ja, die …“

Er wusste, dass er dem übermenschlichen Drang, sie an sich zu ziehen und zu küssen, diesmal widerstehen musste. Er wusste es nur zu gut.

Mit letzter Willenskraft riss er den Kopf hoch, schaute ihr tief in die Augen und sagte leise: „Ich habe pausenlos an dich gedacht und ... und ... dieses Lied ist für dich!“

„Ich weiß“, flüsterte sie ergriffen und strahlte ihn an. „Ich habe es vorhin im Radio gehört.“

„Und?“

„Es ist wundervoll.“

„Und du redest noch mit mir?“

„Hm … das muss ich mir noch gut überlegen“, antwortete sie mit stockendem Atem. „Aber um ehrlich zu sein, habe ich erst vor wenigen Stunden erfahren, dass du versucht hattest, mich zu erreichen, und ich selbst wollte dich nach einer Tasse Tee anrufen und dich um ein Gespräch bitten.“

„Im Ernst?“

„Ja, ganz im Ernst.“

„Dann – was hältst du davon, wenn wir den Tee gemeinsam trinken und wir erzählen uns alles?“

„Das, Harper Schopenhauer, oder wie immer du in Wirklichkeit heißt, ist eine sehr gute Idee!“

„Dann los!“

„Gleich“, murmelte sie, schloss die Augen und legte die Arme um seinen Nacken. „Ich übernehme die Verantwortung. Aber küss mich erst mal, bi...“ Den Rest des Wortes verschluckte sie, denn diesem Angebot konnte der stärkste Mann und der coolste Rockstar nicht widerstehen.

Er schlang seine Arme um ihren zarten Körper, zog sie zärtlich und in dem Wissen, sie nie mehr loszulassen, an sich und küsste sie mit all jener angestauten Sehnsucht, die ihm in den vergangenen Tagen das Herz zerfressen hatte.

Und nun war sie ihm so nahe, dass er glaubte, vor Glück zu zerspringen.

Wenn man nur fest genug an sie glaubte, wurden Träume wahr. Zumindest manchmal.

Epilog

Alexandra hatte ihr Wort gehalten und Harvey –Harper – Harry kurz bevor sie an ihrem Kuss zu ersticken drohten, in das altbekannte Café gezogen. Dort hatte er ihr alles erzählt, sich tausend Mal entschuldigt und sie hatte ihm geglaubt und verziehen.

Das war vor drei Monaten gewesen und inzwischen hatte Harry, wie sie ihn in Anlehnung an seinen richtigen Namen Harald nannte, seine Abschiedstournee in Deutschland, der Schweiz und Österreich erfolgreich beendet. Die Fans hatten geweint, und er hatte gelacht. Eine Woche lang hatte Alexandra ihn sogar durch das Ruhrgebiet begleitet und anschließend ihre Wohnung auf seine Ankunft vorbereitet.

Dort verbrachte er nun jede freie Minute, auch wenn sein Beruf viele Reisen mit sich brachte.

„Hear me say your name“ war zwar kein Nummer Eins-Hit geworden, aber es hatte in allen europäischen Ländern die Top 20 gestürmt und hielt sich lange dort. Harry arbeitete bereits eifrig an seinem ersten Album als ernst zu nehmender Sänger. Oft dachte er, dass er sich als Popstar in Dublin versteckt und als Rockstar wieder aufgetaucht war. Was für eine Wandlung!

Eine große Veränderung schien sich auch in Alexandra anzubahnen, die ernsthaft mit dem Gedanken spielte, in der Buchhandlung zu kündigen und ihren eigenen Verlag zu gründen. Allerdings ganz bestimmt ohne Gedichte von Brian McConnaught.

Der Rest der wieder versöhnten Clique hatte Harry nach einigen Erklärungen und beim Anblick der vor Glück strahlenden Alexandra wieder genauso herzlich wie beim ersten Mal bei sich aufgenommen und für fast niemanden hätte der Sommer schöner sein können.

Nur Susan litt mehr denn je.

*** ENDE ***

Liebe Leserinnen,

ich hoffe, Euch hat diese kleine heitere Geschichte gefallen. Falls ja, freue ich mich natürlich über eine positive Bewertung im Internet.

Damit Ihr keine Neuerscheinungen und Preisaktionen verpasst, lade ich Euch zu meinem Newsletter ein. Ihr könnt Euch ganz einfach hier anmelden

Falls das nicht klappen sollte, schreibt mir an annabelle.benn@outlook.de, dann übernehme ich das gern für Euch.

Bis bald

Eure Annabelle

19326530R00172

Printed in Poland
by Amazon Fulfillment
Poland Sp. z o.o., Wrocław